狼與辛香料

XXII

Spring Log V

支倉凍砂
Isuna Hasekura

Illustration
文倉 十
Jyuu Ayakura

溫泉旅館「狼與辛香料亭」的老闆娘
賢狼赫蘿

兩人的老友兼虔誠女祭司
艾莉莎
狼與橡實麵包
見赫蘿用力嘟起嘴巴，
艾莉莎的視線往羅倫斯掃去。
「夫妻恩愛是再好不過，
可是你會不會太寵老婆啦？」
被她這麼一說，羅倫斯也只能道歉。
「行了吧，赫蘿？冷水也是很舒服的喔？」

住在魔山中的松鼠化身
譚雅
「好看嗎？」

「你們就是扮祭司的人和伴娘嗎？」
受制於傳統的貴族新娘
艾爾娣．普利斯托
立志從事聖職的青年
托特．寇爾
賢狼與旅行商人的女兒
繆里

兩匹狼的婚禮
要是我爹聽說
我跟大哥哥
學教會辦婚禮，
頭腦頑固的他
說不定會當場昏倒。

Contents

WORLD MAP
凱森
迪薩列夫
阿蒂夫
多蘭平原
樂耶夫山
約伊茲
勞茲本
紐希拉
伊克
堂斯格
凱爾貝
樂耶夫河
斯威奈爾
溫菲爾王國
雷斯可
托爾金
雷諾斯
羅姆河
普羅亞尼國
特列歐
恩貝爾
N
W
E
S
卡梅爾森
拉姆特拉
崔尼國
波羅遜
留賓海根
帕茲歐
約連
斯拉烏德河
帕斯羅

地圖繪製／出光秀匡

狼與橡實麵包

羅倫斯外出歸來，一開旅舍房門就見到一名少女站在房中央。

她有一頭絲絹般滑順的亞麻色頭髮，和彷彿與粗工無緣的纖細體態，像是貴族人家的千金。面貌年輕，怎麼看都只有十五、六歲，卻叉腿站立抱胸挺腰，一副準備興師問罪的樣子，有種特殊的魄力。

而且她臉色很臭，眉頭皺得能夾死蚊子。旁人看了，會以為是強悍少婦終於忍受不了丈夫的貪玩，準備要來臭罵一頓吧。

可是，站在房中央的少女看的卻不是背手關門的羅倫斯。

她的視線盯在牆上一點不動，而那裡貼了一張紙。

假如羅倫斯沒記錯，出門之前她就是那樣了。

從前是個聲名大噪的旅行商人，如今在溫泉鄉開旅館作安穩生意的羅倫斯，對結褵十年出頭的妻子赫蘿說：

「妳就這麼不喜歡啊？」

羅倫斯將錢包與防身匕首等物放在桌上，赫蘿更挺腰吸氣，語重心長地吐出來。

「這是要流傳後世的畫，咱不想幾百年後又看到這幅畫才在那後悔。」

羅倫斯並不覺得這樣說太誇張。

因為赫蘿只是看起來是個少女，實際上卻是比人還要高大的巨狼，能寄宿於麥子，曾受人奉為掌管豐歉的神祇。若這幅畫能流傳幾百年，那麼赫蘿幾百年後的確是有可能再遇見這幅畫。

所以羅倫斯了解留下一幅赫蘿不喜歡的畫是個至關重大的問題，但有一點他想不通。

「妳一開始不是很高興嗎？」

對於這個問題，赫蘿閉口不答。

羅倫斯無奈嘆息，看向貼在牆上的畫。那是一幅大圖畫草稿的局部，有羅倫斯和赫蘿的炭筆素描。

這張大圖，是他們日前在港都阿蒂夫逗留時，為解決臨時遇上的小麻煩而準備的。最後羅倫斯趁自己身處麻煩中心之便，請人將他們夫妻倆一併畫上去。

一般而言，只有權貴階級才有機會留下畫像。而且一毛錢也不用花，天底下沒這麼便宜的事了，但赫蘿還是有話說。

對羅倫斯而言，只要赫蘿不高興，即使是免費也沒意義。畢竟羅倫斯請畫家把他們畫上去，說穿了還是為了赫蘿。

長生不老的赫蘿，為了能在多年後回憶這段時光的種種，每天都很用心地寫日記。不過文字描述力有限，圖畫就能將外表如實留存。

因此，知道有人願意畫下他們夫妻讓赫蘿起初是非常高興，第一次當模特兒的體驗也令她興奮得不得了。

畫家畫了幾張素描，一張交給她。那天赫蘿愛不釋手地搖著她自豪的尾巴整天看，鼻頭都要碰黑了。

想不到才過兩晚，那張臉就垮成這副德性，不曉得是哪裡不滿意。

「我是看不出來哪裡丟人啦，明明畫得很好啊？」

而且還美化過了吧——這種話說出來會被狼牙狼爪大卸八塊，羅倫斯當然只敢放在心裡。

不知道他在想什麼的赫蘿用鼻子大聲嘆氣。

「那的確是把咱楚楚動人的樣子畫出來了啦，但這幅畫可是要流傳好幾百年給好多好多人看，裡面也會有認識咱的人唄。如果真的把咱柔弱的樣子畫下來怎麼辦？賢狼的威嚴不就要大減了嗎！」

赫蘿手扠腰發脾氣的模樣，看起來比畫裡還要幼小。

即使都活了幾百年，她還是會有孩子氣的時候。

剛認識赫蘿那陣子，羅倫斯還以為變成人的她是配合外表耍孩子氣。可是在紐希拉經營了十幾年溫泉旅館，伺候過許多位高權重的年邁人士後，他確定年紀大的人都很孩子氣。

更別說是活了幾百年的狼。

「不過這幅畫的題材什麼的全都已經定好了，妳也看到人家施工是什麼樣了吧？我一個小小的溫泉旅館老闆根本沒有插嘴的餘地，嚇死人了。」

訂製這幅畫的，是一群從世界各地來到港都阿蒂夫從事鯡魚卵買賣的富商。鯡魚卵是種投機性高的商品，等於是可以當著教會的面賭博，這點吸引了不少富商遠道而來。然而近來颳起教會改革的風潮，終於被有意匡正綱紀的年輕主教盯上，在今年賭盤剛開而氣氛正要加溫時強行喊停，最後羅倫斯運用他的機智和赫蘿的協助，籠絡了腦袋頑固的主教。

這一幅畫，就是為籠絡主教而訂。然而這件事關乎富商們可以一本萬利的遊樂場能否存續，當然不會是掛一幅小小的裱框畫那麼簡單，要在交易所一整面牆上鋪滿石灰來施作，找來的畫家與其學徒共有幾十人之多。

現在光是為了布置畫圖的場地，交易所裡就架滿了鷹架。許多從鄰近地區召集來的石匠與木匠，在建築公會的監督下辛勤揮汗。

規模如此浩大，這間交易所肯定會在這幅畫完工之後一夕成為遠近馳名的熱門景點。要一個溫泉旅館老闆在如此下了重本的大事業中，插嘴說自己老婆不想被畫得太可愛這種事，羅倫斯根本沒法想像。

「為了賺大錢，黑的都要說成白不就是汝的信條嗎！咱不是汝最重要的伴侶嗎！還有什麼比讓咱高興更賺的！」

赫蘿指著鼻尖咄咄逼人的樣子，只換來羅倫斯聳聳肩膀。

「因為有人動不動就訓話，要我改掉愛賺大錢的壞習慣啊。」

訓話的當然是某些觀念意外保守的赫蘿。

「況且，我覺得那幅畫有把妳的威嚴畫出來嘛。」

「……」

赫蘿的耳朵能分辨謊言。

嘴巴綳成一條線，就是因為明白羅倫斯不是瞎說，但咬牙到擰眉瞪眼，卻是怨他沒有說謊。

羅倫斯莞爾一笑，說出他的理由。

「至少我每次看到這幅畫都笑不出來啊。」

這麼說是因為會有這幅畫，全都是羅倫斯想靠賭鯡魚卵賺點小利的緣故。而且同一時刻赫蘿還難得燃起勞動意識，努力打零工貼補旅費，赫蘿是十二分地有權揪起羅倫斯的脖子罵人。完全就是將太太的血汗錢拿去賭博的廢物丈夫。

「汝就只知道哄我！」

「都哄妳十多年了，當然是得心應手啊。」

「大笨驢！」

羅倫斯聳聳肩，往敞開的木窗外看。

「好了啦，要不要去吃飯？最近他們一直叫工匠過來，太晚出門的話走到哪都很擠喔。」

開溫泉旅館前，赫蘿也過了好一陣子行商生活，自然曉得這件事。在無謂的爭執上浪費時間，搞不好就得借旅舍廚房煮點沒滋沒味的麥粥配生大蒜果腹了。

「哼，算汝撿回一條命！」

「說不定只續命到付錢為止喔。」

赫蘿不說話，挑起一眉往羅倫斯腰上甩巴掌，從頭披上大衣，將亂甩著發脾氣的尾巴包在底下。

兩人所逗留的阿蒂夫原本就是個熱鬧的港都，現在更是加倍擁擠。頭一次來而看得兩眼發直的旅人、順賣豬雞之便買點魚回去的近郊農夫、從靠港船隻一湧而下的船員與搬運工，將港邊廣場塞得水洩不通。

人這麼多，小吃攤裡的食物銷得也快，羅倫斯和赫蘿便決定分頭購物。長相可人又是個演技派的赫蘿買吃的很容易有優惠，所以專逛羊肉和魚肉攤，羅倫斯則負責打酒。

不管吃什麼，少了酒就缺了點滋味。於是他在擠破頭的論斤酒攤搶了好久，才終於弄到夠喝的酒。

在他到處找人時，熟悉的聲音傳進耳裡。

「汝啊，這邊！過來！」

眼尖的赫蘿在旅舍之間的站飲區找到了位子。

「喔喔，這葡萄酒還滿香的嘛。剛好咱也喝膩了山上的水果酒。」

赫蘿雖頗為喜歡醋栗一類的酸甜水果酒，用搖晃的桌子吃油滋滋的羊肉和炸魚時，還是配冰涼的啤酒或葡萄酒比較對味。

「怎麼，沒有啤酒啊？」

果不其然，赫蘿問起啤酒了。

「就是因為葡萄酒貴，現在才有剩。便宜的啤酒和水果酒都搶到要打架了。」

赫蘿沒說他誇張。她只要動動兜帽下的狼耳，就能知道港邊亂成什麼德性，反而還覺得羅倫斯做得不錯了吧。

「妳這倒是弄來了不少嘛，真有妳的。」

羅倫斯這麼說著抓起一串羊肉時，赫蘿已迫不及待地拔下了桶拴，捧起能遮住臉的酒桶張嘴就灌，豪邁得讓人不禁傻笑。「那是這幾天份的酒」這種牢騷，說了也沒用。

赫蘿灌酒的樣子讓附近桌位的男子看傻了眼，等到她「噗哈！」地帶著滿臉笑容喘氣時，周圍已經是一片喝采。

或許她的喝相和沉默不語就像個修女的外表落差甚大，不管走到哪裡都能博得好感。如果收觀賞費，說不定能打平餐費還有餘這種事，不知想過多少次。

「嗝！嗯，真是好酒！」

赫蘿舔掉嘴角流下來的葡萄酒，伸手抓炸魚。剛到阿蒂夫時，她還吵著說不想吃魚，填不飽肚子，現在已經被未經醃漬的美味鮮魚征服了。羅倫斯沒多說話，捧起酒桶喝一口，品味那撲鼻的葡萄清香。

「沒什麼，咱出馬沒有辦不到的事。」

「嗯？」

羅倫斯也咬一口炸魚時，為赫蘿的話揚起視線。

「喔，妳說買吃的啊。」

「嗯。原本還在人牆外面不曉得怎麼辦，結果突然有個壯得像熊的大個子把咱扛到肩膀上，把客人都趕跑了。咱就直接坐在他肩上點菜，拿了菜再分他一串羊肉，他就樂得跟什麼一樣。」

赫蘿瞇起眼，說得更開心了。

當時她多半是裝成一個出來跑腿卻不知所措的小修女，對這種事她已經駕輕就熟了。要是羅倫斯露出半點作妻子的就該守身如玉，怎麼能坐別的男人肩膀這種想法，赫蘿擺明會一甩尾巴咬上來。

於是羅倫斯若無其事地一一閃過藏在字裡行間的陷阱，稍微嘗試反擊。

「嘴上抱怨自己畫裡太柔弱，實際上倒是利用得很開心嘛。」

這唏噓的一句話，讓改吃羊肉的赫蘿故意亮出虎牙啃一塊肉下來。

「大笨驢，咱只是不想讓人覺得咱只有可愛而已。」

「……勞您費心了。」

羅倫斯嘆著氣拿酒桶，卻先被赫蘿搶去。

「嗯咕、嗯咕……噗哈！所以吶？汝這幾天白天都把咱丟在房裡，是幹什麼去啦？」

也許是大海就在眼前，每樣小吃都灑足了鹽，很是下酒。羅倫斯還替赫蘿弄點小麥麵包，以免喝壞肚子，並說：

「換零錢啊。」

「喔？」

羅倫斯在麵包上劃一刀，拔下木籤上的羊肉和乳酪一起夾進去，抹點芥子做的醬，擺在赫蘿面前。若不看住就會只顧吃肉的赫蘿有點不高興地擺擺兜帽底下的耳朵，掰開麵包再塞幾片肉進去，大口咬下鼓脹的麵包。

「離開紐希拉之前，人家不是拿一大堆貨幣給我們換嗎。難得我們認識了這個城鎮的主教，所以我就想用這個管道換點零錢走。」

景氣繁榮是很好，但用來買賣的貨幣會因此短缺不足，每個地方都鬧零錢荒。於是紐希拉的村民們知道羅倫斯要出遠門，便拜託他換點小額貨幣回來。

「嗯。可是，啊噗……嗯咕，汝怎麼天天都出門？不能一次解決嗎？」

「因為有類似請求的人排了很長很長的隊啊，我排了三天才終於見到面耶。」

由於隊伍實在太長，城裡衛兵每到日落就會開始發號碼牌，隔天照號碼重排。雖然要站一整個白天，至少晚上還可以回旅舍睡覺。

想當然耳，有人趁機做起了代排的生意，羅倫斯只好狂念省錢經假裝沒看見。

「喔，所以汝才會半夜腳抽筋，雞貓子鬼叫著跳起來啊？有夠窩囊。」

「……我也無話可說，好想念紐希拉的溫泉喔。而且到頭來，我一個零錢都沒換到。」

「嗯？教會不是平時拿了很多捐款，有很多零錢嗎？」

「這種事大家都知道，所以人們一窩蜂跑去換，根本沒有外地人的份。」

只要肯付手續費，兌換商當然也願意換錢。但是在這種狀況下，手續費肯定是漲得嚇死人。而且就連兌換商的零錢，恐怕都是用不怎麼划算的比率跟教會換來的。

「這樣汝還敢厚著臉皮回來啊？這樣咱叫汝老公的日子又更遠嘍。」

「妳本來就不打算那樣叫我吧。如果妳真的突然那樣叫我，我還會覺得噁心咧。」

喝得微醺，心情正好的赫蘿咧嘴嘻嘻笑。

「話說回來，雖然沒換到零錢，我卻拿到了可能的管道。」

「喔？」

羅倫斯從懷裡取出一張紙，在桌上攤開。那是阿蒂夫周邊的地圖。

「零錢匯集的地方有限，而且大家都知道，所以搶得很厲害。那麼，這時候應該怎麼做？」

「簡單啊，去沒人知道的地方就好。」

「一點也沒錯。」

將還有幾塊肉的羊肉串拿到赫蘿面前，赫蘿就伸長脖子吃掉。

「嗯嗯，嗯咕……所以說，真的有這麼剛好的地方嗎？」

「少歸少，有還是有的。而且那裡需要門路才能進去，我們正好就有這個門路。」

赫蘿看也不看說得很驕傲的羅倫斯，盯著地圖啃麵包。

羅倫斯早已習慣赫蘿這樣故意不理人，毫不氣餒地繼續說：

「鯡魚卵這件事裡，不是有個五、六十歲的大商人幫了我們嗎？」

「嗯，這個雄性穿得很體面，跟某個旅行商人完全不一樣吶。」

「……咳哼。聽說他原本人稱總督，率領某個強大商人公會的貿易船隊。就是他幫我向主教說情，讓主教派了個任務給我。」

「喔？」

羅倫斯手指往目前所在的阿蒂夫一按，然後往右下移。移過擁有大片平原，對這地區而言有穀倉之稱的地方。最後停在隔開平原與沿海地區的山麓上。

「一直往東南方走，有個連接內陸與沿海地區的大城鎮，那裡穀物買賣很興盛。」

「喔，那不是很好嗎。咱的麥子肯定是第一名吧。」

赫蘿彈彈吊在脖子上的小囊，得意地哼鼻子。

看她已有醉相，羅倫斯擔心地繼續說：

「這個時節呢，會有大批商人來這裡做買賣，大市集也就開門了。」

「喔喔，這樣更好啦！」

羅倫斯對滿面喜色的赫蘿微微笑，手指往地圖上的大城鎮左下方挪了一點。

「可是我們要去的，是這個有大市集的城鎮往西南走一小段的地方。這是一個靠山的小主教區，建立在一條不太有人走的路上。」

赫蘿頓時碰了一鼻子灰，臉上光采全沒了。

羅倫斯強按住抖動的嘴角，講解重點。

「這個主教區和這座城的教堂淵源很深，算是兄弟關係，不過有個問題。他們被捲入了關於權狀和買賣的問題裡，需要拜託商人來解決，可是這時節的商人都忙著賺錢。所以說，他們就求助於信用可靠又精明能幹的我啦。」

說到這裡，羅倫斯往赫蘿瞄一眼。只見酒氣似乎開始衝上腦袋，赫蘿的眼皮變得有點垮。眼睛不曉得在看哪裡，頂著一張紅臉默默啃炸魚。羅倫斯嘆口氣，收起桌上酒桶擺在腳邊。

「如果想在大市集的喧囂裡走一遭——」

赫蘿兜帽底下的狼耳在這裡突然挺直，眼睛恢復些許神智。

「那就要盡快解決主教區的問題了。要是休市了，說不定就會有其他商人來攪局。」

盯著地圖看的赫蘿慢慢閉上眼，大大地點了頭。

「那就要趕快出發嘍……」

「很高興妳這麼明理。那麼，既然畫那邊沒問題了，我們就趕快出發吧？」

看著羅倫斯的紅眼睛醉得迷濛。

會有那種對不上焦點卻又焦躁的表情，是因為尚未見過的熱鬧大市集，和繼續留在這裡為畫的事煩心跟炸魚，正在她腦中的天平上晃動吧。

「去不去？」

最後赫蘿嘆著氣點頭，打了個大呵欠。

羅倫斯將醉倒的赫蘿背回旅舍，隔天一早兩人又回到街上。即使旅行技術生了鏽，為旅行該做的準備這種事怎麼也不能怠慢。

「唔……沒想到新鮮的海魚這麼好吃……再多待幾天或許也不錯。」

天空灰濛濛，不是個旅行的好天氣，還有冷冷的西風。

赫蘿裹著毛線披肩，在馬車貨台上倚靠貨物寫她那本日記，並喃喃地這麼說。

「有大市集的城鎮，是在穀倉地帶和我們這個沿海地區中間的山腳下。平原的貨，山上的貨，東西南北的貨都聚在這裡，水果還像山一樣多喔。」

聽手握韁繩的羅倫斯這麼說，赫蘿的耳朵都豎得頂起兜帽了。

「水果多，水果酒的種類當然就很豐富。這裡又是穀物集散中心，有很多麵包師傅，塞滿水果的甜麵包多到吃不完呢。」

這個像是掃地的沙沙聲，是赫蘿因期待與興奮而膨脹的尾巴敲出來的吧。

羅倫斯不出聲地偷笑，後腦杓卻冷不防挨了一掌。

「好痛！喂，幹麼啊妳！」

「大笨驢！每次都這樣用吃的拐咱！」

「我哪有啊。接下來又要過上幾天沒口福的旅行生活，先讓妳知道目的地有整桌獎賞，才比較憋得住不是嗎？」

「搞不好忍到那邊還這不能買那不能買喔！」

羅倫斯很想說赫蘿也從來不會因為這樣罷手，可是想到她在阿蒂夫認真賺旅費就吞了回去。即使是擺脫不了商人本性的羅倫斯，也不會因為這樣就翻舊帳。

「妳賺來的錢，我一個子兒也沒少記，這次我賭鯡魚卵也賺了一點。在這個範圍裡，妳愛買什麼就買什麼，我不會多嘴的啦。」

「哼。」

赫蘿用鼻子出氣，輕巧地從貨台跳到駕座。

他們離開阿蒂夫沒多久，路上還有許多旅人。

羅倫斯害怕那一跳會讓人看見耳朵尾巴，心裡涼了一下。不過今天陰冷得像冬天早一步來，每個人都用毛織品或皮草緊包著自己。看到了赫蘿大衣底下若隱若現的尾巴，也只會以為是特殊造型的禦寒用品吧。

坐到羅倫斯身邊的赫蘿本人，像個整理睡舖的家犬扭來扭去地將毛織品又鋪又披，弄到滿意為止。那麼用心的樣子，讓羅倫斯愈看愈有趣。最後將她自豪的尾巴擺在大腿上，說道：

「順便再跟汝收點這條尾巴的租金唄？」

赫蘿每天都灑香油仔細梳理，保養得蓬鬆柔亮。而且那等於是有赫蘿的血流過的活毛皮，在這種冷颼颼的日子裡比什麼都保暖。膝毯底下有沒有這條尾巴，旅行的舒適度完全不一樣。

「別那麼狠心嘛……」

對嘻嘻笑的赫蘿嘆口氣之後，羅倫斯甩動韁繩拍打馬背。

「其實也不用那樣啦。之後的工作說不定會需要靠妳幫忙，只要妳好好做，我也會好好報答的。」

「喔？」

赫蘿似乎是玩膩了輕咬，摸摸擺在腿上的尾巴後放到膝毯下分享溫暖。

「所以是要做什麼事？咱昨晚有點喝多了。」

豈止是有點……羅倫斯口中囁囁嚅嚅，將赫蘿醉倒後照顧她的過程嚥回去，回答：

「起點跟阿蒂夫一樣，是受到寇爾和繆里那件事的影響。」

赫蘿回望即將消失在道路彼端的阿蒂夫，再轉向羅倫斯。

「每個教堂和修道院，都把心思放在斂財上很多年了。這不只是因為愛錢，畢竟賺得多能施捨的也多，還是有一點崇高的想法在。然而到頭來還是弊大於利，擅長經營的人又備受重用，這些連商人也自嘆不如的人們囂張跋扈起來，搞得問題愈滾愈大。」

赫蘿點點頭，打個大呵欠，用羅倫斯的肩膀擦眼角擠出的淚水。她一副不感興趣的樣子，可是從兜帽下耳朵的動作能看出她還是有在聽，羅倫斯便繼續說：

「這樣的問題滾到最後，就成了這場教會改革浪潮的開端。在比較激進的地方，教會還為了轉移人民的怒氣，將高階的聖職人員從上到下整個換過一遍，可是這又造成了新的問題。」

「嗯，咱也有頭緒了。他們是只顧大搬風，完全沒考慮後果唄。」

赫蘿的視線掃來掃去，多半是在找肉乾吧。

發現擺在背後貨台後，她賭氣地噘起嘴巴。

「就是這樣。而且教會為了讓人們看見改革的成效，全派特別正經的人，反而把問題搞大了。」

「寇爾小鬼雖然聰明，但終究不是商人的腦袋。像剛剛那座城的人，就是崇拜寇爾小鬼，不懂城裡產業結構還蠻幹才會那樣唄？」

那位年輕主教一頭熱地想將阿蒂夫納入神的教誨管束下，感覺連口吻都在模仿寇爾。

寇爾他們究竟聚集了世間多少注意，讓羅倫斯和赫蘿相當好奇，在阿蒂夫到處打聽他們的傳聞軼事。但每一則都非常誇張，都不曉得幾分是真幾分是假了。幾乎都是加油添醋過的吧，畢竟異教徒與教會的戰爭已經結束，世間恢復和平，這正適合渴望刺激的百姓拿來炒話題。

這對愛出風頭的繆里來說不痛不癢，但寇爾就有得受了。

羅倫斯聳聳肩，赫蘿又打一個大呵欠。

赫蘿基本上不是吃就是睡。

「呼啊……啊呼。可是，咱聽不懂哪裡要靠咱幫忙。」

「這個嘛，我也希望沒這個必要啦。」

膝毯底下的尾巴馬上抽走。

「喂，不是啦。我不是不想報答妳的意思。」

赫蘿用懷疑的眼神看著他，不甘願地放回尾巴。

「真是的……不要拿尾巴當人質嘛。」

「看來汝是很想被咱墊在尾巴下面喔？」

羅倫斯講累了似的對嗤嗤笑的赫蘿嘆口氣。昨天讓她喝飽吃飽睡飽，今天渾身都是欺負人的力氣。

「言歸正傳，這位束手無策的新任主教之所以這麼頭痛，是因為在他為了了解這個新領地有多少財產而清點權狀時，發現裡頭包含了一塊不得了的土地。」

「不得了的土地？」

羅倫斯看著身旁高齡數百歲的狼之化身，如此說道：

「據說那是墮天使所占據的魔山。」

◇◇

瓦蘭主教區——信上是這麼寫的。

那裡原本是個幾乎沒人住的荒山野嶺，路也像獸徑一樣蔓草叢生。但多虧路的另一頭有座大城，總算是存活了下來。

有天一個大富商路經此地，客死在農夫兼營的寒酸旅舍裡。這位大富商是小氣中的小氣，走這條沒人整頓的路前往大市集也只是不想付關稅而已。然而他在臨死前對自己的吝嗇深感後悔，將所有財產託付給悉心照料他的農夫，希望他在這裡建立教堂。

如果只是錢包裡最後幾枚金幣，農夫或許就偷偷收起來了，然而那卻是一筆足以建城的龐大財富。

農夫認為那是神賦予他的使命，為完成大富商的遺言傾力而為。召集聖職人員、建設教堂修整道路、蒐羅所有可能的土地與權狀來保護這份財產。

另外，不知是因為他本業是農夫，有分辨地勢的眼光，還是真的特別受到神的眷顧，那些土地裡出現了岩鹽和鐵礦，為這座路邊的新興小教堂帶來莫大的利益，沒幾年就獲賜主教座，封為主教區。

瓦蘭即是這位傳奇農夫的名字，而那已經是兩百年前的事了。

「咱是選錯丈夫了唄。」

自港都阿蒂夫啟程後第四天，赫蘿將日前在旅舍中聽來的故事寫進日記裡並這麼說。

「是喔。聽說那個瓦蘭是不吃肉不喝酒，天還沒亮就一直工作到深夜，老婆孩子也被迫過一樣的苦日子喔。」

羅倫斯往昨晚也在旅舍喝了個痛快的赫蘿瞄一眼。

赫蘿的中指和無名指夾著羽毛筆，食指和拇指夾著豬肉香腸，她看了看羅倫斯和手上的香腸，燦笑著說：

「咱最愛汝了。」

「直到沒有酒肉孝敬妳是吧。」

羅倫斯無力地說，赫蘿笑呵呵地用肩膀撞他。

「總之呢，就算傳說有點誇大，這個主教區還是那樣發展起來的。代代賺大錢這種事，其實只持續到大約一百年前而已。」

「是財源枯竭了嗎？」

「首先是岩鹽礦坑遭地下水入侵而廢棄。如今到礦坑裡只會看到鹹死人的地底湖。」

「想醃東西倒是很方便嘛。」

羅倫斯輕笑著認同，回想著旅舍老闆講的後續說：

「後來主教區為了養活暴增的人口，不得不將力量傾注在鐵礦山事業上。」

聽故事寫日記的赫蘿聞言臉色一沉，是因為她是住在森林裡的狼，從以前就很討厭破壞森林的礦場。

「所以那邊也枯了唄？」

羅倫斯對說得像惡勢力滅亡了似的赫蘿含糊地點頭。

「不過先枯了的不是鐵礦，而是森林。」

「……」

赫蘿露出公主見到心儀騎士在騎槍比武中落敗的表情，視線回到日記上。

「他們就是一直挖鐵礦並當場精鍊成鐵製品，直到沒柴可燒為止。他們沒有一般城鎮那種公會的制約，作風非常自由，吸引了很多鐵匠。當時一定很熱鬧吧。」

赫蘿不開心地哼一聲，筆觸粗魯地滑動羽毛筆。

「可是冶金需要大量燃料，而且支撐礦坑用的梁柱、排水用的水車這些也都是木頭。在這工作的人多起來，也需要更多木頭來煮飯蓋房子。」

「周圍土地的樹木砍光以後，也會因為礦坑遺毒而很難長回來唄。」

根本活該。赫蘿噘著嘴說。

「於是放任其膨脹的礦場小鎮，沒落的速度和發跡一樣快。而那大約是七、八十年前的事。」

「嗯。」

對赫蘿來說或許是前不久，但由羅倫斯來看則是出生前的事了。

「人們因木材耗盡而失去生活的支柱，再加上礦山本身也挖了很久，鐵礦產量銳減，又沒有柴火能精鍊，只能辛辛苦苦把沉重的礦石送到遙遠的其他城鎮賣，賺得就更少了。這些問題使得人口進一步離散，城鎮一下子就荒廢了。」

「只留下光禿禿的山頭是唄？」

赫蘿憤慨地說。

「倒也不是那樣。」

「嗯？」

意外的回答讓她抬起了頭。

「結果妳是真的都忘光啦，還一直說什麼我沒醉。」

赫蘿明明是高傲的狼，這時卻一臉平然地裝蒜。大概是真的不記得自己昨晚醉成什麼樣了。但羅倫斯也知道赫蘿完全不反省自己喝多，因為她是明知羅倫斯喜歡照顧喝醉的她才故意為之的。

為自己種下的果興嘆之餘，羅倫斯又說：

「當時的確只留下了失去活力的礦場、失去收入卻走不了的人們和禿得一片精光的山頭，然而一群鍊金術師來到了這裡。」

任性小丫頭般看著一旁的赫蘿帶著嚴肅眼神轉向羅倫斯。

「我們曾經追尋的那本開礦技術禁書，就是鍊金術師寫的。」

無視於這世界是否由神所創造，以技術將赫蘿這般古代精靈橫行的森林闢為人類所有的人，往往是鍊金術師。

在這層意義上，鍊金術師這名稱比牧羊人更叫赫蘿厭惡。

「不過呢，事情從這裡開始變得耐人尋味了。」

說到這，羅倫斯從赫蘿放在一旁的木盤裡捏一片香腸塞進嘴裡。

「那群鍊金術師不是用技術挖鐵礦，而是在精鍊上用了魔法。」

「魔法？」

雖然赫蘿本身就像個童話人物，可是從前問她以前住在漆黑的森林裡時是否見過魔女，她卻回答只看過會吃蕈類來作夢的人，一點也不夢幻。

但若旅舍老闆告訴羅倫斯的故事是事實，那麼鍊金術師就算是貨真價實的魔法師了。

「據說他們不燒柴就能煉出鐵來。」

赫蘿不是白活這幾百年，與羅倫斯同行以來也見識過許多城鎮。慧黠的她除了不喜歡的事以外，很少遺忘其所見所聞，所以在直接聽信所謂的魔法之前提出其他可能。
「不是用那個臭臭的泥炭嗎？」
「泥炭是能燒沒錯，可是火力差得多了。況且那附近沒產泥炭，就連瀝青也沒有。」
瀝青是種黑色液體，又名能燒的水，價格高昂。羅倫斯沒看過有人拿瀝青當燃料，大多是用來塗抹在船身上等木製品作防腐之用。
「傳說裡，鍊金術師創造出無火煉鐵的魔法，將產量所剩無幾的鐵礦都煉成了鐵，拯救殘存百姓於困頓之中。不必砍樹就能煉鐵，真的會賺到笑不攏嘴啊。而且能憑空生火，也就能幫助禿山恢復綠意。」
「嗯。」
赫蘿對最後一句特別關心，問：「所以山復原了嗎？」
「還真的復原了。」
「喔喔～」
花開般的笑容指的就是這麼回事吧。赫蘿笑得如此開心，羅倫斯也很高興，不過赫蘿自己也曉得故事還沒結束。
「如果大家就這樣過著幸福快樂的日子，汝也不需要咱幫忙了唄？」
「是啊，不然也不會被人家叫做魔山了。」

赫蘿線條姣好的眉毛往中間擠。視線飄動，是無法想像怎麼把所有環節連成一串吧。

「是不用火就能煉鐵，被寇爾小鬼那路的人當作魔法了嗎？」

撼動一般人的常識，往往伴隨遭視為惡魔伎倆，褻瀆神明的危險。

「我是這麼想，而委託我處理這件事的阿蒂夫主教好像也認為，來到山上的可能不是鍊金術師，而是想腐化凡人的墮天使。」

「所以汝覺得會有背上長翅膀，有山羊頭跟馬腿的怪物在山上閒晃嗎？」

能寄宿於麥子，有好幾個人高的巨狼化身竟聊起了教會口中的惡魔。羅倫斯所認識的非人之人，都是平易近人的野獸化身。

「是沒有。可是，聽說到現在那座山上還是有怪事。」

「怪事？」

羅倫斯回想那晚到頭來還是醉倒了的赫蘿倚著他睡時，旅舍老闆注視燭光說故事的嘴。

窸窣錯動的鬚叢間，流出了這樣的話：

「山裡有東西堅決不讓人上山。無火煉鐵的技術，至今依然沉眠在山裡。掌握此技術的人，無疑能獲得曠世鉅富，吸引了不知多少人上山尋寶，但是……」

「沒有一個活著回來？」

「而且還有幽靈出現在應該早已枯竭的鐵礦山裡不停地挖，每晚山上都會傳來鏗、鏗、鏗的挖鑿聲呢。」

這或許是個老套的故事，但羅倫斯知道一些絕大多數人所不知的事。

例如煙霧飄渺的紐希拉溫泉鄉，經常有頭巨狼到處遊蕩。

其實世上到處都是超乎人類常識範疇的事。

「先不提幽靈，如果山上真的有些什麼，妳應該看得出來吧？」

赫蘿的耳鼻即是狼的耳鼻，山頭再廣，只要有心就能迅速揪出來。

「話是這麼說沒錯啦……」

她含糊其詞，雙腳踩到駕座上說：

「要是真的有發現，汝會怎麼做？」

眼神中閃爍著不安。羅倫斯才剛猜想是不是怕鬼就覺得自己傻得可以。這個可能躲在山裡的人物，肯定和赫蘿是同一個世界的人，而且是有所隱情才會那麼做。

例如為了報答使山林恢復原狀的鍊金術師，至今仍致力於守護他們的遺產。

或許從平時舉止難以想像，但赫蘿基本上也是個軟心腸，容易受傷。

不太想揭開留置於山上的歷史瘡疤吧。

「我懂妳在擔心什麼，不過瓦蘭主教區的主教只是要一個能幫助他作決定的依據。找商人處理就是一個好徵兆，表示他想了解得失再決定怎麼做。」

赫蘿注視羅倫斯片刻，慢慢閉上眼睛。

「也就是說，汝那條三寸不爛之舌可以起到一些作用嘍？」

「這也要看主教多相信我啦。」

赫蘿接著大吸一口氣，無奈地吐出來。

「汝應該能在山頭另一邊的大市集結束以前擺平他唄？」

「這要看留在山裡的東西有多糟了。」

儘管咽喉裡傳出一絲狼吼，但她也明白羅倫斯沒法保證。

不久，她輕哼一聲，將下巴擱在立起的膝上，像個賭氣的女孩蜷縮起來。

「留下的八成不是值得開心的事。」

不知是天生個性使然，還是赫蘿遇見羅倫斯之前在麥田裡獨自度過了很長一段歲月，對未來總是不樂觀。

相反地，羅倫斯就是個死性不改，聞到發財機會便晃過去的商人。

「就算是這樣，只要我們到了那裡，就有機會幫助山裡的那個東西吧？有誰比我們更適合呢，妳自己想像一下就知道了。」

既然主教找的是商人，那麼肯定有打算賣掉這塊土地。賣給誰，怎麼賣，對這塊土地的未來至關重要。

「況且，假如對方真的是非人之人又跟妳合得來，帶回去溫泉旅館工作也可以。」

「……」

赫蘿用無力反駁的眼看羅倫斯，是因為知道他沒有說謊吧。

「汝真是一隻樂天的大笨驢。」

「不然也不會牽著妳的手走到這裡啊。」

赫蘿的紅眼睛默默注視羅倫斯一會兒，最後投降似的笑。

「大笨驢。」

羅倫斯聳聳肩，抓緊韁繩拍打馬背。

才剛從深山來到海邊，旋即又要爬山。然而同樣是山，也不是到處都一樣。習慣了紐希拉那裡的峭壁深林，將地形削掘得更加複雜的蜿蜒小溪後，這裡的山根本只是無垠的緩坡。

「會這樣滿地都是高高的草，卻不時會遇到一撮一撮的小林子，就是當年濫墾的痕跡唄。胡亂砍樹就是會變成這樣。」

隨風沙沙搖擺的草穗乍看之下有如麥田，感覺十分悲涼。羅倫斯在從前行商途中也經常在被戰火夷平的土地上見到相同景象。

道路頗寬，壓得很實，兩者皆具大城鎮的水準，但路上不見任何旅人。這條路多半是岩鹽或鐵礦仍然盛產時鋪下的吧。

「雖然是塊採不到果子的地方，說不定給兔子、蛇、狐狸這些東西住起來倒還不錯。」

「我是覺得乾脆把這裡燒過一遍，闢為田地算了。」

「可能是路上都沒看到河流的緣故。水從山上來，以前那樣破壞山林，現在就算挖了井也沒有多少水能用唄。」

貨車之旅來到第六天，兩人聊天頻率漸少，但此刻的沉默完全不是疲勞所致。

赫蘿在駕座上注視前方，羅倫斯的手擺在她頭上。平時她都會嫌煩甩開，今天卻撒嬌似的默默倚著。榮景散盡的土地總有種獨特的哀愁，看在被時光之河遺留下來的赫蘿眼裡，相信是備感灰暗。

走著走著，芒草原彼端終於出現像樣的山嶺。由於還有段距離，顯得灰濛濛的，不過已經能看出那和羅倫斯說的一樣，不再是座禿山。

漸漸地，路旁的樓房冒出了頭，水井零星錯落，芒草原變成了田地。開始看得見羊群，能感到人類生活的呼吸後，氣氛終於明亮起來。

最後他們來到的是看起來並不富裕的樸素村落，有座圍牆高大的巨型石造建築聳立於中央。

那即是瓦蘭主教區所有故事的起點——瓦蘭大教堂。

瓦蘭大教堂不枉是曾握有礦山，圍牆鐵門又厚又高。如今布滿紅鏽，對外敞開。多半是無力保養，無法開開關關。牆裡不見人影，有豬和幾頭山羊悠悠地吃著草。從前供參拜者洗腳、給馬喝水的石造水道也早已枯竭，長滿了草。

羅倫斯將馬車繫在看似馬廄的地方，帶著阿蒂夫主教的信和赫蘿一起走向大教堂。

「好大一間啊。」

赫蘿站在教堂門口，抬著頭不敢領教地說。附設的鐘塔也非常地高，想看到塔頂就非得使勁抬頭不可，足見往日的風光與權威。

「話說回來，完全不像有人在的樣子耶。」

「嗯，可是這裡還是有人生活的痕跡，像那扇側門就有不少手垢。」

教堂大門不開，與許和圍牆鐵門是相同道理。一旁的側門沒鎖，兩人開門入內。

「喔喔。」

「真是不得了啊……」

教堂內構造莊嚴，一眼便知砸了重金。廊柱與天井以許多曲線相連，刻畫細緻。

牆邊有一排附玻璃門的櫃子，陳列著聖母像等各種裝飾。以長鍊從高高的天井垂掛下來的，是禮拜用的香爐吧。赫蘿上前去嗅兩下，打了個噴嚏。

「有在打掃呢。」

「牆上和柱子上的燭台插的也都是蜜蠟，真有錢啊。」

雖然打掃得很乾淨，但始終感受不到人的動靜。在腳步聲特別響的教堂裡，羅倫斯牽著赫蘿的手到處觀覽。

走過以彩色玻璃窗描繪聖母與聖子降臨的走廊，兩人停了下來。

這是個地面鋪設不同顏色石板，以教會徽記作裝飾的岔路。

「汝看。」

赫蘿指著與天井相連的高牆說。

「……這是……」

懸於牆上的大繪卷使羅倫斯不禁掩口。圖上不是最近流行於貴族間，精細得猶如實景的畫作。人像經過誇大與省略，高舉著比頭還大的手，姿勢不自然得有如懸絲傀儡，面無表情地望著天或奇怪的方向。那粗獷的畫風有種難以言喻的魄力，一眼就能看出主題。

那正是這瓦蘭大教堂的種種傳說。

扛著鋤頭的，八成是傳說的始祖農夫瓦蘭。雲間伸出的手，應是表示神旨。下一段畫的是瓦蘭為建設教堂與城鎮而奮鬥，土地湧出神的恩寵，以及感謝神賜予城鎮繁榮的人們。

然而畫中的城鎮轉眼衰敗，人們像是請求天聽般向天伸展雙手，一名天使吹著長笛從天而降。

「天使頭上畫了角吶。」

「就只有角的顏色特別鮮豔，是後來才畫上去的吧。因為後人認為那是墮天使嗎。」

然後面突然出現一群兜帽蓋得看不見臉，宛如異教徒魔法師的人，應該就是鍊金術師了。然後接下來不太對勁，確切表現出羅倫斯在旅舍聽故事時也感到的疑惑。

鍊金術師們在山頂向神祈禱，神長著鬍鬚的臉孔出現在山頂上，伴隨滿天飛舞的天使，從雲煙繚繞的山上照耀底下村莊。

「雨季漫長的地區不是常有祈求晴天的圖嗎，跟那滿像的。」

「……山下的人是不是在笑啊？」

赫蘿瞇眼皺眉是因為視力不太好，看不清小小的群眾。

「不，沒表情吧。伸長的手像是在表現喜悅，也可以說是向神求饒。」

「哼，反正沒什麼差。」

赫蘿沒好氣地說。

她在落腳的村莊守了幾百年的古老約定。為了盡可能帶來豐收，有時還得刻意降低結穗的量。而村民們只會要求年年豐收，將麥穗豐歉視為赫蘿陰晴不定。

羅倫斯手扶上赫蘿的腰，赫蘿邊深吸口氣，用鼻子哼一聲吐出來。

「神照耀大地的光底下，有許多手拿鍛鐵大鎚的男人敲打著著火的東西，應該是鐵吧。馬身上背著貨物，還有個像商人的男人高舉著手……這就像是在表現喜悅了。」

「旁邊那就是恢復綠意的山了唄。」

「對啊，不過……」

羅倫斯沒說下去，是因為人們跪倒在恢復綠意的山腳下，明顯是悲傷的樣子。

面無表情的鬚面神依然鎮座於山頂，背上長了怪異翅膀的墮天使站在一旁，臉上是這幅畫所特有的不曉得在看哪裡的表情。

不過至少能肯定的是，他看的不是山腳下的人們。

順著走廊展示的圖畫故事到最後，寫了句「神啊，請憐憫我們」。

「那個鬍子臉是怎樣啊？」

出現得已經夠突然了，此後還經常出現在畫中顯眼處，更添詭異氣氛。

「是以前真的有過那個怪頭嗎？」

「為什麼只畫臉呢？」

其他人無論再小，也不會省略身體。

只畫臉有什麼特殊含意嗎。
「嗯……如果不是人的話……」
赫蘿思索片刻後猛一抬頭。
「啊，會不會是在上個城鎮吃過一點的那個？」
「咦？」
除了少不了的羊、豬、雞，他們在阿蒂夫還吃了許多海鮮特產。
在羅倫斯覺得全都不像時，赫蘿接著說：
「就是螃蟹啦。」
「螃蟹？」
羅倫斯瞪圓了眼，視線從得意的赫蘿轉到畫上。假如蟹殼上長出人臉，說不定真是那種感覺。亂糟糟地往左右長的鬍鬚和頭髮，也可能是將蟹腳擬人化的結果，這樣就能解釋為何沒有身體了。
還能想像螃蟹舞動大鉗子抓起闖入山上的人，面無表情地送進嘴裡的模樣。
羅倫斯發毛一抖，搖了搖頭。
「慢著慢著……」
並要自己冷靜。

說起來，山上出現螃蟹化身和煉鐵又有什麼關係？

更別說從山頂上照下光輝，簡直莫名其妙。

「很有趣的想法。」

突然，頭頂上傳來聲響。

羅倫斯嚇得整個人跳起來，急忙往天井上望，但誰也沒見著。

就連有雙狼耳的赫蘿也似乎分不清聲音來處，疑惑地仰望天井，環顧左右。

然而即使騙得過她的耳朵，也騙不過她的鼻子。

「汝啊，最裡面那根柱子後面。」

羅倫斯隨赫蘿扯動衣袖而轉向她所指的走廊最後一根柱子。

當手扶上防身匕首，他跟著想起這裡是大教堂。

一般而言，那應該是教堂裡的人。聊起詭異的人頭蟹，讓他腦袋都迷糊了。羅倫斯深呼吸鎮靜心情，說：

「我們是在旅程之中受阿蒂夫主教大人之託，來這裡辦事的！」

聲音在天井深邃的石造教堂中彷彿輪唱般迴響。

「我這裡有阿蒂夫主教大人的親筆信，能請這裡的主教過目嗎？」

羅倫斯的聲音再次反覆迴響，消失在走廊盡頭。聲音從正上方來，是這奇妙的返響結構所致的吧。

躲在柱後的某人沒有答覆。

那會是需要借助赫蘿力量的人嗎？

這是一座繪於怪異圖畫中，門裡徒留往日榮華的大教堂。

即使有超乎人類常識的東西流連於此，也不足為奇。

「看來真的是湊巧呢。」

這時傳來的是平靜的女性話聲。感到驚訝，並不是因為聲音彷彿就在身旁，也不是因為語氣隱約帶點不敢置信和喜悅。

而是因為羅倫斯清楚認識這聲音。

「汝啊。」

赫蘿帶著不耐的表情轉向羅倫斯。

「咱有不好的預感。」

話剛說完，人影便從柱後飄然現身。

優雅得像跳舞，是因為儀態就是那麼端正吧。

而事實也正如羅倫斯所料，他認識這個人。考慮到他們闊別了這麼多年，比記憶中成熟很多也是應該的。

「真是的，我們凡人終究是無法理解神的安排呢。」

向他走來的是一名女性。頭髮整齊地盤在腦後，有雙蜂蜜色澤的眼眸。身形看似瘦弱，背脊卻有力地挺直，渾身上下透露著堅毅氣質。從僧衣所染的顏色，看得出她位居祭司。人們提起聖職人員所會想到的形象，一定就是這樣的人。

「好久不見了，羅倫斯先生。」

對方說完微微笑，將視線移向他身旁。

「不曉得是好是壞，妳從那之後都沒變呢。這裡都聞得到酒味喔。」

「大笨驢！」

赫蘿罵回去，抱胸轉向一旁。

這兩人從以前感情就不怎麼好……羅倫斯才想苦笑，轉念又收回去。

其實是赫蘿單方面不善應付她而已。

畢竟連那個寇爾都認為她信仰忠貞，並曾在她門下修習神學。這樣的她和有酒就喝，肉無油不歡的赫蘿當然不會合得來。

「想不到會在這種地方再見到二位。」

羅倫斯回答，並說出她的名字：

「好久不見了，艾莉莎小姐。」

「感謝神的指引。」

曾在羅倫斯商旅中重大的十字路口與他們相遇，並指點明路的艾莉莎，可掬地微笑頷首。

羅倫斯和艾莉莎彼此上前握手，小小地擁抱。

他是在十多年前剛遇見赫蘿不久，替忘了怎麼回到故鄉約伊茲的她尋找歸途時，和艾莉莎認識的，與赫蘿的婚禮也是由她來主持，是個人生中的要角。

「雖然你信上說改日再見，但沒想到這一天會來得這麼快呢。」

「那位馬先生真的把信送到啦？」

來到他們溫泉旅館的一行非人之人中，有一個是以送信至遠方為業。該說天生就是這塊料嗎，他是馬的化身。

「對了，妳的孩子剛出生不久吧？」

「那是前年的事，第三胎了，現在是老大老二在照顧。老大都到了該試著不必我罵人就把家事做好的年紀了呢。」

艾莉莎的丈夫名叫艾凡，個性與艾莉莎相反，是個不拘小節的爽朗青年。那明顯是妻管嚴的類型吧。羅倫斯自己也不照照鏡子地這麼想。

見到羅倫斯和艾莉莎開始敘舊，赫蘿不耐地插嘴：

「先別急，咱們坐了那麼久的車，已經快累壞了。汝等教會的規矩，有一條是款待旅人沒錯唄？」

艾莉莎愣了一下，樂在其中地用微笑回覆找碴的赫蘿，像是早已習慣應付耍任性的孩子。

「說得也是。現在人走了很多，有很多空房間呢。」

「咱想用熱水洗洗灰塵，有浴盆能泡嗎？」

赫蘿已經完全習慣有溫泉能泡的紐希拉生活，在阿蒂夫就不時嚷嚷著想請人燒一大盆水，把頭泡進去。

「有的。」

「真的！」

艾莉莎一本正經地對眼睛發亮的赫蘿說：

「只要妳願意自己打水、劈柴燒火的話。」

「……」

有蜂蜜色眼睛的艾莉莎挺直背脊說：

「不可以怠惰，勞動才能換來美好的一天。」

仍在行商時，艾莉莎就是個十分樣版的死正經女助理祭司。當年年紀還小的寇爾，就是跟她學習各種禮儀。

在禮儀上比女兒繆里沒好上多少的赫蘿，從那時候就動不動被她糾正。

「羅倫斯先生，馬拴在外面嗎？」

「對。」

「行李卸完以後，我會替二位準備洗腳水和一點吃的。請放心，不會是炒豆配雜草。」

最後那句話顯然是說來逗赫蘿的。

赫蘿把頭甩向一邊，看得羅倫斯都不曉得誰才是活了幾百年的賢狼了。

大型教會設施會有不少貴族或旅行聖職人員參拜，一定會附設客房。羅倫斯和赫蘿借宿其中一間，放好行李就出門了。

教堂圍牆內的菜圃邊，艾莉莎正捲起袖子打井水。

「洗過腳就會舒服很多喔。」

聖經中有幾則聖人替貧民洗腳的故事，但赫蘿當然不是洗洗腳就會謝天謝地的人。

見赫蘿用力嘟起嘴巴，艾莉莎的視線往羅倫斯掃去。

「夫妻恩愛是再好不過，可是你會不會太寵老婆啦？」

被她這麼一說，羅倫斯也只能道歉。

「行了吧，赫蘿？冷水也是很舒服的喔？」

羅倫斯用裝滿一整盆的井水洗手洗腳，赫蘿也一臉不情願地坐在一旁大石上，把腳伸到羅倫斯面前。

即使覺得艾莉莎不敢置信的嘆息很刺耳，羅倫斯仍替公主脫去鞋襪，捲起裙下褲管搓洗腳丫。結果原本滿腹牢騷的赫蘿兩三下被他搓得通體舒暢的樣子，即使表情還是很臭，尾巴已經軟綿綿地搖起來了。

「話說艾莉莎小姐，這裡只有妳一個人在顧嗎？」

艾莉莎說煮飯需要生火便往柴堆走，羅倫斯主動要代她劈柴。赫蘿像是腳已經揉得舒坦，沒說話就跟上去。

「你知道這座山另一邊的大市集嗎？在休市之前，教堂和村裡的人都會到那裡去，盡可能高價賣出村裡的莊稼，然後低價補充過冬物資，所以人生地不熟的我就留下來看門了。」

羅倫斯一邊聽艾莉莎說話，一邊揮動斧頭。赫蘿似乎很喜歡劈柴的啵叩聲，不斷撿拾劈開的木柴再放木樁上去。

那看在羅倫斯眼裡完全像是樂此不疲地撿回木棒的狗，但他當然不敢說。

「不過一個人倒也落得輕鬆，這樣打掃起來比較有效果。」

聽了艾莉莎這麼勤勞的想法，羅倫斯只能苦笑。

柴劈得差不多之後，他在艾莉莎帶領下進入廚房。

「真想不到你們會離開紐希拉，還跑到這裡來呢。到底是怎麼了？」

艾莉莎從廚房櫃子取出火絨和打火石之餘問道。

「說來話長……我也很想知道妳怎麼會在這裡。妳原本住的村莊離這有段距離吧？」

「我一開始也沒打算到這裡來。原本只是附近教堂臨時缺識字的人手，找我過去幫忙核對教堂累積的資產和權狀，而這還是今年夏天之前的事。」

她邊說邊打火，很快就點燃了。

「汝看人家多厲害。」赫蘿見狀立刻挖苦一句，不過羅倫斯生不起火也只是下山頭幾天的事，不免很不是滋味。

艾莉莎從羅倫斯抱來的柴中挑選比較好燒的扔進爐裡。

看起來像隨便丟，實際上卻是以易燃的方式堆積，讓羅倫斯佩服不已。

「我們也是為這件事來的。寇爾他下山旅行，結果我們的獨生女繆里跟了過去，最近信又來得比較少，所以想下山看看。」

艾莉莎蜂蜜色的眼睛往羅倫斯和赫蘿轉，意有所指地苦笑。

大概是認為他們太溺愛女兒。

羅倫斯清咳一聲說：

「咳咳。那麼艾莉莎小姐，所以妳是到那邊去幫忙之後輾轉調來這裡的嗎？」

「可以這麼說，但最主要是因為你們之前看的繪卷。路會在這裡交叉，也不是純粹湊巧。」

畫上是瓦蘭主教區的興衰史，技術簡直是魔法的鍊金術師，和如今傳說遭墮天使霸占的魔山。

「這個主教區到我們那邊求助的時候，因為距離太遠，我也很猶豫。可是聽說過他們發跡的故事以後，我開始很感興趣，覺得說不定能在家父所蒐藏的異教神話多添上一筆。」

羅倫斯他們造訪艾莉莎的村莊，也是為了一睹她養父的藏書。

「結果呢？」

艾莉莎將鐵鍋置於爐上，用水瓶倒水的同時靈活地聳肩。

「結果你們就來啦。阿蒂夫不是有信給你們帶來嗎？」

「……這麼說來，妳就是那個頭痛的代理主教？」

放下水瓶後，艾莉莎指著自己的領子說：

「是祭司。一個女人家光是少了助理兩個字就是天大的升職了，不過也只是臨時的而已啦。你聽說過有丈夫孩子的祭司嗎？教會也真夠隨便。現在人手就是缺成這樣，連我這樣的人都得搬出來用了呢。」

雖然艾莉莎這麼說，她好歹能讀書寫字，還曾經離鄉背井地尋找可以託付村中教堂的人。她有見識，做事又認真，相信村人對她的風評本來就很高，會依靠她也是正常的。

「但如果我用自己的名義向阿蒂夫大教堂求援，而讓人知道這裡沒人在，只有一個外地來的女祭司在管事，人家難保不會懷疑我想竊占這裡吧？所以我在信上寫明了自己是臨時代表，並沒有說謊。」

艾莉莎平時給人方方正正愛講道理，有點喘不過氣的印象。但從她最後鬼靈精地微笑的模樣，羅倫斯了解到她更有彈性了。

「你那是什麼表情？我多少也是有在學習處世之道的。」

她一邊反駁，一邊往鍋子裡大把地撒鹽下大蒜。可見她在村子裡也都是這樣俐落地處理家事。

「煮湯行嗎？」

「有肉嗎？」

艾莉莎聳肩回答赫蘿：

「是我找你們來幫忙的，總不能禁止你們吃肉吧。」

「算汝懂事。所以那是什麼肉？」

「妳不是狼嗎？路上看到滿山的草原了吧。」

艾莉莎應付赫蘿的樣子，熟練得像在哄纏著媽媽討飯吃的小孩。

「兔子嗎！」

「那可是這裡屈指可數的名產呢。」

赫蘿眼睛亮了起來，尾巴沙沙沙地晃。

現實的模樣惹來艾莉莎的苦笑。

「可是真正讓我意想不到的，是妳找商人幫忙這部分呢。」

在艾莉莎請心花怒放的赫蘿向村人求點兔肉過來時，羅倫斯這麼問。只要有肉吃，赫蘿即使要跑點腿也不嫌累，踏著輕快腳步離開了廚房。

赫蘿每次見到自己的獵物羅倫斯和其他女性獨處，都會吃醋到令人發噱的程度，但再怎麼樣也不會懷疑他和艾莉莎的關係。

「那座魔山，就連附近村民都不敢上去撿柴。找聖職人員過來，事情只會弄得更麻煩而已。然而只要有錢賺，才不管什麼魔不魔的商人就會勇敢地闖開森林，為我看看山頂上有些什麼了。」

從這句話可以窺知艾莉莎是怎麼看待商人，而大致上並沒有錯。

「所以說，妳也不曉得山上有沒有墮天使？」

「對。他們找我過來，是為了清點這座大教堂的財產和權狀，要做的事堆積如山。而且我村裡也有事要忙，需要在冬天真正來臨前回去，根本就沒有餘力上山。即使想找機會打聽消息，在這座大教堂工作的人原本都是在鄰近城鎮念教會律法，不是當地人，我也不太敢向當地人問這種事。」

一個外地女祭司一來就到處打聽當地從前的異教傳聞，的確會招來不必要的猜疑。讓人以為她是新上任的異端審訊官，或是想奪權的外地密探。

「況且這座大教堂的書庫裡也沒有堪用的紀錄，從路上旅舍打聽來的消息還比較詳細。你們看到的那幅畫是很久以前就留在大教堂裡的，應該是當時的人們為了將這段故事留給後世知道而畫的吧。」

「以前的主教都沒有調查過嗎？」

艾莉莎聳肩回答：

「這裡的鐵礦枯竭已久，又是有異教傳聞的地方，裝作沒這回事才是明智之舉。要是被異端審訊官盯上，後果不堪設想。」

就是眼不見為淨的意思。

「至於我想查這件事，不只是因為好奇，還有現實的問題在。擁有一片沒有善加利用的土地，是個很大的問題。這個主教區有多荒涼，你一眼就看得出來了吧？既然山裡產不了鐵，不如就早點賣一賣，用那些錢挖井鋪路，才能實際改善人民的生活。問題是這附近的人每個都知道這塊土地的故事，肯定不會開好價錢，所以才要找遠方的商人。」

話題連上寄給阿蒂夫主教求援的信了。

對於艾莉莎合理的判斷，羅倫斯只有讚嘆的份。

「妳是認為遠方來的商人，有辦法找到沒聽過魔山傳聞或興衰過程的買主？」

艾莉莎沒有回答，只是微笑。

也難怪主教敢放艾莉莎一個外地人看管這麼大一座教堂了。

誰都能放心給她看門吧。

「無所謂，上山一探究竟這種事，就交給我們吧。」

羅倫斯從廚房門口往外望，正好見到赫蘿抱著用麻繩串得像鈴鐺的兔子跑來。那堆滿笑容的臉呆得可以，真不曉得她怎麼敢自稱賢狼。

「只要有酒有肉，我們家的賢內助就會努力工作了。」

艾莉莎聳聳肩，往鍋裡再加一杓鹽。

愛喝酒的人，喜歡重口味的食物。

她的段位似乎已經比赫蘿高了。

用兔肉鍋和一點葡萄酒填飽肚子後，羅倫斯和赫蘿在艾莉莎帶領下前往大教堂的寶庫。石造地下室宛如監獄一般，再加上到處都有驅魔用的惡魔雕刻，看起來更陰森。

三人來到最底部，艾莉莎將大得握不住的鑰匙插進鎖孔，開啟厚重的鐵門。

「令人想起那個蛇窩呢。」

艾莉莎的村裡有個巨蛇傳說，教堂地下從多年以前就與蛇窩相連。這裡的地下室有一大排堆滿羊皮紙與書冊的架子，也和那裡一個樣。

「那全都是權狀嗎？」

「大概只有四分之一。大教堂的領地又多又雜，大半都是居民稅金帳簿、所有權證書等雜七雜八一大堆。書籍是技術書，像是岩鹽礦或鐵礦的採掘法、精鍊法等。堆了那麼多灰塵，表示已經很多年沒人碰過，就只是在那裡占位置而已，我有打算賣掉。」

這裡有點黴味，赫蘿打了好幾次噴嚏，用袍子掩住口鼻。

「我要給你們看的東西在這邊。」

艾莉莎手持燭台帶路。

吃兔肉鍋的途中，她也聊過自己所調查的魔山傳聞，但即使讀過父親留下的所有異教神話故事，也解不開畫中之謎。

而且山林裡有怪物的傳說其實並不是什麼稀奇的事，其中大半只是虛構，羅倫斯還曉得那幾乎是刻意散布。

例如讓人民害怕怪物而不敢進入山林，製造免稅的藉口，或者防止外地人瓜分當地資源才編出來的。

由於大教堂內找不到關於魔山的紀錄，艾莉莎也曾懷疑當時說不定是出於政治因素才散播這樣的謠言，可能性也的確很高。

然而某天她進寶庫整理權狀時，發現一個藏起來的東西。

「這就是妳說的那個嗎？」

艾莉莎在羅倫斯和赫蘿面前揭開蓋布，顯露出一口堪稱巨大的閃亮金鐘。

「五十年前的帳簿裡，有一條訂製新鐘的紀錄。現在吊在鐘塔裡的就是當時新鑄的鐘。」

「那這是前一口鐘？」

艾莉莎點點頭，用燭台點亮其他蠟燭，往鐘底下照。

「請看這裡。」

羅倫斯和赫蘿一起探視，並同時抽了口氣。

「咦……這是咬痕？」

大到可以讓赫蘿躲進去的鐘上，開了四個排成一列的洞。

「很像吧，妳覺得呢？」

每一個洞雖沒有拳頭大，卻少說有兩指寬。見過赫蘿獠牙的人，免不了會往這裡想。

「咱們狼討厭金屬。」

赫蘿這麼說之後，將鼻子湊近鐘上的洞。

「……沒有味道……哈啾！」

她擦擦打噴嚏的鼻子，還用羅倫斯的袖子抹。

是很討厭那個味道吧。

「有傳說是沒什麼，可是見到了這個鐘，我也不禁開始懷疑。」

羅倫斯低吟著低頭看鐘。假如真的有東西咬過這口鐘，旅舍老闆說上山的人無一生還，說不定是真的有所本。

但這時傳來一聲看不下去的嘆息，是來自鼻子發癢的赫蘿。

「大笨驢。」

赫蘿用鼻音這麼說，腳尖往鐘踢了踢。

「鐘不是吊在那麼高的鐘塔上嗎？是要怎麼咬啊？」

「啊！」

羅倫斯和艾莉莎同時張大了嘴，赫蘿唏噓地搖頭。

「鳥又不會長牙齒，就算是爪子，四個洞也不尋常。」

「的、的確。爪子的話應該是三個洞，另外一邊也有才對。」

「再說，那不是靠蠻力開的洞。」

「咦？」

羅倫斯一反問，赫蘿就在他腹側突然抓一把。

「呃啊！幹、幹什麼啊妳？」

「就算鐘沒汝肚子這麼軟，捏了還是會扭曲唄。」

赫蘿放開手，艾莉莎贊同地點頭。

「的確，鐘形還是很完整。」

「如果用咬的開出那麼大的洞，肯定少不了扭曲變形或裂痕，可是這裡完全沒那種跡象。而且這些洞有點怪。」

赫蘿瞇眼看著以燭光照亮的洞說：

「要怎麼樣才會有這種洞吶？」

羅倫斯也重新查看，但不懂赫蘿的意思。那四個排成一列的不規則洞穴，怎麼看都像是狗啃出來的。

不過鐘當時應該是吊在高高的鐘塔上，用咬的肯定會扭曲的看法也不容忽視。

「說不定答案很單純，這鐘跟傳說其實一點關係也沒有……」

確實是合理的推論，然而赫蘿自己也不太相信。

於是羅倫斯問：

「那我們先不管這些疑點，先假設那真的是某個東西咬出來的痕跡好了。」

赫蘿和艾莉莎一起看向他。

「妳打得過這個東西嗎？」

即使沒風，燭火也晃了一下。

說不定是赫蘿自信的笑所造成的。

「咱可是賢狼赫蘿，除非是獵月熊，沒那麼容易打輸。」

能寄宿於麥子，有好幾個人高的巨狼化身不是只有好看而已。

那麼下一步該怎麼做就不用說了。

太陽下山，務農民眾返回家中，吃過晚餐就早早吹熄蠟燭就寢，避免浪費。

赫蘿一直等到這一刻才恢復狼形。

『汝在這等就好了唄。』

「大笨驢。妳很容易一言不合就開打，怎麼能全丟給妳。」

羅倫斯模仿赫蘿語氣，被她不滿地用巨大尾巴掃得四腳朝天。

艾莉莎對不聽抗議的赫蘿說：

「請妳盡可能避免衝突。如果真的有這樣一個人物，也是有置之不理的選擇。」

『那就得看對方能不能溝通了。』

艾莉莎點點頭，協助羅倫斯爬上赫蘿的背，握起教會徽記。

「願神保佑你們。」

『汝還是一樣膽子不小呢。』

對古代的森林精靈而言，教會的神還是新人呢。不過那只是艾莉莎的習慣使然，並無惡意，聽到赫蘿的指摘，她不禁眨眨眼睛愣了一會兒後尷尬地笑。

『抓好啊，摔下去的話咱可不會回頭撿。』

「妳不要故意甩我下去就好。」

話剛說完，赫蘿就故意抖抖身子，突然起跑。

羅倫斯轉頭看看揮著手的艾莉莎，隨即緊抓赫蘿的毛，將身體貼上去。速度愈來愈快，破風聲都蓋過赫蘿的腳步聲了。夜空中，月亮偶爾才從雲縫間露一次臉，暗夜裡的芒草原在羅倫斯眼裡有如一座黑漆漆的湖。

羅倫斯在奔馳於剪影世界的赫蘿背上，匆匆瞥見了她的世界。

即使認為自己對赫蘿無所不知，事實上他最愛的赫蘿終究是狼，不是人類。

或許平時幾乎不會意識到，在這種時候仍會強烈感到彼此差別。

可是用力緊抓她的毛，感覺倒還不壞。如果說出來，赫蘿一定會害羞難耐，揪著臉扭動尾巴吧。羅倫斯想像著那好笑的畫面，抵擋部分恐懼。

不知過了多久，耳邊狂亂的風聲緩和幾分，開始能聽見赫蘿輕快踏地的聲音。

抬頭一看，他們已身處雜樹林中，林子彼端閒雲伴月，似乎是到山腳下了。

聽說這段距離馬要跑好幾個小時，赫蘿的腳程果真厲害。

「這麼大剌剌地進人家地盤好嗎？」

假如山上真的有東西在，先觀察一下比較好吧？

『這裡只有普通鹿的味道。』

在赫蘿背上看不太清楚，其實她正靈巧地挪動步伐，以盡可能不晃動背部的方式跨越一般落差與岩石。

即使說了那樣的話，到頭來還是很在乎背上的羅倫斯，赫蘿也真不坦率。

「看得出來描繪了那張臉的那座山在哪裡嗎？」

『總之先到最高峰看看，從高處瞭望說不定會有發現。』

「也對。」

羅倫斯回話後，赫蘿稍微加快速度。或許是因為開始爬山，坡度變陡所致。在爬起來很累人的山坡上，赫蘿也跑得像平地上的馬一樣。無論是腳步、呼吸還是那條大尾巴的擺動，都能明確感到赫蘿爬得很愉快。

羅倫斯很明白，城鎮不是赫蘿該住的地方。

深邃的森林，才是她真正的家。

『到了。』

赫蘿在一處樹木稀疏，乍看之下像個廣場的地方停下。羅倫斯大概是沒注意到自己抓得太用力，費了點工夫才鬆開僵硬的手，沿著腹側小心地從赫蘿背上溜下來。

地面疊了幾層鬆軟的落葉，感覺能挖出優質土壤。

「看不出原本是光禿禿的礦山呢。井水不用省著打，就是因為這些樹嗎。」

往落葉輕輕一踢，就有幾顆橡實嘩啦啦地跳起來。習慣黑暗後，能看見到處都有小樹。

『也不盡然。有人在山裡到處丟含有鐵的石頭，滿滿都是讓咱鼻子難受的味兒。若是在太陽高掛的時候來，汝的眼睛也能立刻發現不對勁唄。』

赫蘿一邊說，一邊用她的大鼻子輕頂羅倫斯，似乎想聞點熟悉的味道。羅倫斯便搔搔她前端鼻梁，她的尾巴跟著啪啪搖起來。

「會是一種詛咒嗎？到處丟棄這些鐵礦，是在抗議礦毒嗎？可是這裡樹這麼多，感覺又很恬靜……」

但也有著幽靈突然冒出來也不奇怪的氣氛。

『嗯……』

鼻子貼著羅倫斯撒嬌的赫蘿抬起頭，眼神銳利地查看四周。

『不曉得現在還在不在……可是過去肯定是有東西來過。』

羅倫斯驚訝地往赫蘿看，赫蘿用眼神示意他看看森林。

『這些樹的種類不對勁。』

「種類？」

『自然狀況下不會長成這樣。長在這裡的，全都是冬天會落葉結果的樹。而且從山腳到這裡，每棵樹都排得整整齊齊。』

會結果的落葉樹會成為優質薪柴，也能做菇床。這種樹整齊排列，可能的原因就只有一個。

「是人為的植林嗎？所以這麼多樹都不是自然恢復的？」

『恐怕真是如此，而且目前看到的全都是這樣。咱也從來沒見過這種事。』

看了幾百年森林的赫蘿，似乎看得出這座山的異狀。

『再說要讓這麼大片的土地恢復生機，光是丟著不管得花上幾百年時間。要把山剃成光頭只需要幾十年唄？這肯定是故意種出來的。』

「會是村民嗎？」

赫蘿的大鼻子往羅倫斯噴一口氣。

『需要的人得跟螞蟻一樣多，況且人還比較聰明，不會專挑喜歡的樹種唄。全都種同一種樹，其實不太好。』

「喜歡」一詞引起了羅倫斯的注意。

「妳已經猜到誰種的了？」

『那幅怪畫的謎團，也解開一部分了。』

赫蘿不滿地哼哼鼻子，用怪罪的眼神瞪羅倫斯。

『那座港都的畫真的要重畫才對。畫得不正確，就會留給後世不正確的故事。』

她還沒放下那幅畫啊？羅倫斯有點錯愕地問：

「解開的部分是山頂那張臉還是其他的？」

『是臉旁邊的天使。那並不是汝等說的天使。』

「可是那不是有翅膀嗎？」

『只是因為畫得很差，看起來像而已。那根本不是翅膀。』

扶持神顏的人背上，附有看似翅膀的東西。若不是翅膀，那會是什麼呢？

在羅倫斯的注視下，森林之王說道：

『是松鼠。松鼠捲在背後的大尾巴，看起來很像翅膀。』

剎那間，羅倫斯看出了這片森林的異狀，也明白為何短時間內會長出數量如此龐大的樹，以及為何都是會結果的樹。

『牠們最擅長的就是挖洞埋橡實了，還能在嘴裡塞一大堆橡實到處跑，植林的速度一定很快唄。不會錯，這片森林是松鼠種出來的。』

些許光明照亮了充滿謎團的傳說一角。

但還有疑問。

「松鼠不能解釋那個鐘的咬痕吧。對了，有可能是松鼠的爪痕嗎？」

『汝想說有大力士松鼠把鐘捏成那樣嗎？松鼠的手那麼小，要開那種洞……恐怕是跟山一樣大的松鼠。』

那實在很難想像，而且就算是那樣，依然沒解釋鐘為何沒有扭曲或裂痕。

「最快就是找出那隻松鼠來問話……看得出牠還在不在山上嗎？」

『這裡到處都是鐵味，害咱鼻子不太靈。既然打造出了一座到處都是大餐的山，肯定是還躲在某個地方唄。如果可以長嘯一聲，是可以叫牠出來。到山的另一邊都聽得見。』

距離山腳一小段的地方有些村莊。或許是水源不足，農田並不多，但到處都是草，便以畜養綿羊山羊為主。要是山裡傳出狼嚎，肯定會對他們的生活造成負面影響。

「先當作最後的手段吧。」

『那就只能沿路慢慢找了。不過吶，在這裡睡一晚的話，對方自己會發現我們唄。』
原本遍地大餐的樂園，突然出現一頭巨大的狼。
那隻松鼠的確是有可能來問問她所為何事。
「那就要野宿嘍？我什麼都沒準備耶……哇！」
羅倫斯話說到一半，就被赫蘿的尾巴捲起來摔在地上，柔軟毛皮從背後托著他。
『不想睡在咱毛裡啊？』
赫蘿大大的紅眼睛，和獠牙一起轉過來。
羅倫斯一眼就看出那是心情好的反應，在旁人眼裡就只是個要被狼吞了的可憐旅人吧。
「對了，剛認識艾莉莎那時候也是這樣過夜的嘛。」
當時他們捲入艾莉莎的村莊和鄰村的衝突之中，逃到森林裡野宿了一晚。
羅倫斯懷念地撫摸赫蘿尾毛時，臉被尾尖拍了一下。
『在咱毛裡還敢聊其他雌性，活得不耐煩啦。』
背倚著的赫蘿腹側傳來雲中滾雷般的低吼。
「因為今晚好像會變冷，想讓妳熱一點嘛。」
『大笨驢。』
赫蘿蜷起身體，用鼻尖輕頂羅倫斯。

鬧了一會兒後滿足地哼哼鼻子，放鬆地舒展四肢，抖抖耳朵。

『的確是好久沒這樣了。』

赫蘿很高興的樣子。

她在紐希拉也會不時找機會恢復狼形滿山遊蕩，但羅倫斯不會與她同行。再說紐希拉遊客熱絡，山裡經常有人出入，這種事不能做得太頻繁。

羅倫斯見到赫蘿開心地將他抱在懷裡，不禁這麼說：

「我還以為妳討厭這樣呢。」

人是人，狼是狼。

羅倫斯和赫蘿一直在避免面對這個明顯的事實。

赫蘿聽了抬起頭，中途轉念放鬆力氣，將下巴放在落葉鋪成的地毯上。

『這種事是要看心情的。』

那雙稍微瞇起的紅眼睛，是因為她在自嘲吧。的確，赫蘿在紐希拉心情不好時，就會恢復狼形泡泡溫泉。

「要任性是公主的特權啊。」

羅倫斯摸摸赫蘿的毛，讓她尾尖開心地勾動幾下。

『汝真的是頭大笨驢。』

赫蘿挖苦一句，閉上眼睛。
羅倫斯也淺淺地笑，放鬆力氣沉入赫蘿的毛裡。
在溫暖又散發森林氣息的毛堆中，睡意轉瞬即至。

赫蘿料得沒錯，在山裡過夜果然會引來山裡神祕人物的注意。天一亮，赫蘿就把羅倫斯帶到沒有礦毒的水澤，在岸上生火烤赫蘿抓來的兔子。
搖著大尾巴等兔子烤熟的赫蘿忽然抬高了頭，不等羅倫斯問就衝了出去。動作與載他上山時截然不同，迅捷得不負森林獵人之稱，一陣風似的捲起落葉，轉眼失去蹤影。
錯愕之餘，羅倫斯想起赫蘿不會在山裡迷路，更別說忘了烤肉的地點。於是轉回去繼續烤肉，想先一步大快朵頤腳尖滴油的腿肉時，赫蘿回來了。
耳朵從水澤邊的落差下冒出，隨後那巨大身軀一口氣跳上來。
「喔喔，妳回來……啦？」
赫蘿嘴上叼著一隻空前巨大的松鼠。
『牠躲在附近偷看咱們。』
被赫蘿叼著後頸帶來的松鼠，在她鬆口之後依然縮成一團。

和身體一樣大的獨特尾巴不停發抖，抱著頭蹲在地上。

站起來恐怕比羅倫斯還高的松鼠，現在看起來就只是一大團圓滾滾的毛皮。

「聽得懂人話嗎？」

『喂。』

被赫蘿用鼻子一頂，松鼠嚇得抬起頭來。羅倫斯與牠四目相交的瞬間，就明白那是有智慧的眼睛。

「我們不是來破壞這片森林的。」

聽羅倫斯這麼說，那張與身體相比非常小的嘴開開合合，但沒有說話。

「當然，這隻狼不會要了妳的命。」

松鼠閉上嘴，往赫蘿瞄一眼。

『這可不一定。』

見到赫蘿咧出一排牙齒，牠又縮成一團了。

「喂。」

羅倫斯要赫蘿別嚇人，赫蘿便哼口氣，繞過松鼠到羅倫斯背後去。

松鼠稍微抬起頭，往羅倫斯看。

『你是……人類吧？』

像是在問怎麼會跟狼同行。

「我叫克拉福．羅倫斯，原本是旅行商人，現在開了一間溫泉旅館。」

見羅倫斯自我介紹並伸出手，松鼠圓滾滾的眼睛看了看他的手和臉，也戰戰兢兢地伸手。

即使那隻手與身體相比顯得很小，還是比羅倫斯的手大。

羅倫斯下意識地看看牠的爪子，發現比鐘上的洞小多了。

「很高興認識妳。那個，這位是……」

他害羞地清咳一聲說：

「我太太赫蘿。」

到這一刻，羅倫斯才知道松鼠也會有傻眼的表情。

驚訝得幾乎要昏倒的松鼠好一會兒才回神。

『人跟狼？……人跟狼！』

又大又圓的松鼠看看羅倫斯和赫蘿，整隻鼠都跳了起來。

如果沒猜錯，那是驚喜的反應。

『所以說，人跟松鼠也不是夢嘍！』

這次換羅倫斯驚訝了。他不禁往背後的赫蘿看，赫蘿也顯得有點興趣。

『呵呵……啊，可是我還差得這麼遠，怎麼配得上師父呢……不過……』

松鼠唸唸有詞地搓弄雙手，蜷曲尾巴。

那真的是盤據魔山，殺害所有入侵者的墮天使嗎？

怎麼看都不像。

「請問……」

羅倫斯一開口，松鼠又觸電似的跳起來，眨眨眼睛。

『不、不好意思。』

松鼠蜷身低頭，抬頭的速度卻比低頭還快。

『啊啊，對、對了！現在不是在這說話的時候！』

牠反覆蹲蹲站站，尾巴膨得比身體還大。

『趕快把火滅了！不然山上的天使大人會生氣的！』

「山上的天使」一詞很耐人尋味，但松鼠的表情十分著急。

還有很多話要問牠，只好先照辦了。

「知道了，赫蘿。」

赫蘿不耐地嘆口氣，張開大嘴吞下正在烤的兔子，用踩在水澤裡的前腳撥水滅了火堆。

『這樣行了唄？』

『可以可以，應該沒問題了。』

松鼠放心地喘口氣，很抱歉地往羅倫斯看。

『然後……能請你們趕快下山嗎？不然山上的天使大人說不定會生氣。』

羅倫斯這次沒放過反覆出現的關鍵字。

「那位山上的天使大人是滿臉鬍鬚嗎？」

松鼠聽了愣在當場，歪頭問：

『那個……我也沒見過天使大人，你們有見過他嗎？』

「……」

有點雞同鴨講。在山上種樹的幾乎可以肯定就是這隻松鼠，而且大教堂那幅畫中，站在那張怪臉旁的應該也是牠沒錯。

難道那張臉不是山上的天使嗎？

「在這座山上種樹的，是妳沒錯吧？」

『哇，對呀！就是我！它曾經變得光禿禿，什麼都沒有，可是現在已經恢復成這樣了！師父一定會稱讚我的！』

松鼠開心地上下擺動身體。看了一會兒，羅倫斯才覺得那說不定是在跳，只是松鼠沒發現自己沒跳起來。這隻松鼠住在這座遍地都是橡實，任憑喜好到處種樹的山裡，一定是吃過頭了。

先不管這個，有件事要先問清楚。

「你之前也提過的這位師父是誰？」

『師父就是收我為徒弟的人！』

即使是松鼠的臉，也能露出開心的笑容。

而且那是種會令人覺得心裡暖洋洋的笑容，差點讓羅倫斯也跌進去，但他得先向松鼠問話，揭開這座山的謎團。

「這位師父……是人類吧？是某種工匠嗎？」

『對。師父也叫作鍊金術師，非常厲害喔！』

在說得好開心的松鼠面前，羅倫斯吞了吞口水。

那句話，表示大教堂裡的傳說並非完全虛構。

『你也是鍊金術師嗎？』

那純真的問題令人不禁後退。

這松鼠是個開朗可愛，帶了點傻氣的非人之人。

不過那是牠面對朋友的態度。人在森林裡迷路而遇到怪物的故事裡，怪物一旦認定對方是敵人就會立刻翻臉。

就在羅倫斯擔心如果回答不是鍊金術師，松鼠就會張牙舞爪時——

『咱們在趕時間，要是不把汝知道的全說出來，就會跟剛才那隻兔子一樣下場！』

赫蘿來到羅倫斯之前，張開長滿尖牙的嘴逼向松鼠。

那樣的威嚇十二分足以讓眼睛又黑又圓的松鼠嚇得翻過去。

「喂，赫蘿。」

羅倫斯趕緊制止赫蘿，她的紅眼睛轉動過來。

『大笨驢，汝忘了這座山的傳聞了嗎？如果上山的人都沒法活著回來，那麼是誰把人埋在山裡的？這裡不就有個很會挖洞埋食物的傢伙嗎！』

如同人是人，狼是狼，非人之人並不是人。

羅倫斯的懸念，赫蘿想得更嚴肅。因為她也不是人。

雖然那是在保護他，這仍讓羅倫斯有點難過。

『我、我沒有做過那種事……』

嚇得把頭埋在落葉裡的松鼠回答了。

『我、我只是那個……扮成熊的樣子，把上山的人嚇跑而已……』

藏得住頭卻藏不了尾的松鼠抖著尾巴這麼說。

赫蘿不會聽不出人的謊言，對於松鼠也是如此吧。

「怎麼樣？」

羅倫斯看看赫蘿，赫蘿用鼻子嘆息。

『如果牠說扮成狼，咱就要咬牠的腦袋瓜了。』

『我、我絕對沒有那樣……』

松鼠淚汪汪的眼睛強烈刺激著羅倫斯的保護欲。

「赫蘿，不要太嚇人家啦。」

『哼。』

她多半是故意扮黑臉，可是赫蘿的獠牙對於在森林裡蒐集橡實的松鼠來說實在太可怕了。

「我替內人向你道歉。」

『……』

羅倫斯再度伸手，松鼠惶恐地看看他再看看赫蘿。

「我們是受教會之託，來這裡調查這座魔山的真相。」

松鼠牽起羅倫斯的手，十分緊張地爬起來。忐忑的表情主要不是因為羅倫斯自稱受教會之託，而是由於赫蘿。

『那是說……要我離開這座山嗎……』

松鼠在胸前合起小小的手，抬眼看著羅倫斯問。

羅倫斯這才明白赫蘿為什麼不高興。上山之初，赫蘿就已經顯得消極。因為她早就知道如果傳說是因為山上有非人之人所造成，就很可能變成這樣。

羅倫斯轉頭看赫蘿，只見她將鬱悶的臉別向一旁，像在說早警告過他了。可是羅倫斯在路上也對她說過，讓其他人來辦，事情恐怕不會有好結果。

於是羅倫斯又清清喉嚨，對惶恐的松鼠說：

「請放心。我背後的太太赫蘿，也是被趕出住了幾百年的麥田。我是對世間了解不少的商人，她是甚至有賢狼之稱，備受尊崇的狼。我們會調查這座山的傳說，盡可能幫助妳的。」

突如其來的人類，與他稱為妻子的高大巨狼，實在是個奇異的組合。

羅倫斯也擔心松鼠不會相信他，松鼠卻忽然嗅了嗅，笑咪咪地說：

『我聞得出來你們感情很好，應該不是壞人才對。』

羅倫斯不敢相信地聞聞自己的衣服，但聞不出個所以然。就只是在赫蘿的毛裡睡了一晚，有她的味道而已。

這時，赫蘿本人頂了頂他的頭。

『汝的鼻子還挺靈的嘛。』

松鼠眨眨眼睛，不敢當地縮肩低頭。

『可是咱們不是感情好，是這傢伙離不開咱而已。』

赫蘿用鼻尖在羅倫斯的頭和背上頂來頂去，大概是很高興聽松鼠說他們感情好吧。羅倫斯也注意到她尾巴的動作，只好由她去。

『所以汝叫什麼名字？』

大概是頂夠了，赫蘿這麼問。

松鼠的眼睛迅速眨動幾次，點頭說：

『我、我叫做譚雅。』

『滿好聽的嘛。』

羅倫斯也覺得那是個可愛的名字，見到松鼠開心地笑起來之後，更是覺得沒有其他名字更適合她了。的確是個很棒的名字。

『名字是師父替我取的，說是跟我的人形很搭。』

為牠還會變成人訝異的瞬間，一陣輕風吹過。

羅倫斯眼前已經多了個紅褐色蓬鬆捲髮長至腰部，長相端莊的小姑娘。

「好看嗎？」

她笑得很天真，但羅倫斯的臉卻僵住了。不是因為她毫無防備地變成人形，而是因為明白鍊金術師給她取「譚雅」這麼一個軟綿綿的名字，絕不是因為笑容。

接著，赫蘿也是因為這個原因而大叫起來。
『咱是赫蘿，賢狼赫蘿！』
齜牙咧嘴的赫蘿又嚇得譚雅跌坐在地，變回松鼠。
羅倫斯知道赫蘿為何生氣。
看來譚雅一直在這座森林裡啃食著吃也吃不完的橡實。她碩大的果實，赫蘿完全不能比。

那一吼讓譚雅怕死了赫蘿，直到羅倫斯向她解釋，人類都是為了勾引異性才會赤身裸體，她才總算平復。
雖然赫蘿的氣惱是來自另一個問題，不過她似乎也曉得自己生這種氣太無聊。譚雅表明自己沒有勾引羅倫斯的意思，向她道歉，她也不情不願地接受了。
事情告一段落後，三人進入正題，也就是這座山的過去。
『有一天，師父他們突然來到這裡。大概是在山裡突然沒人之後不久，我開始種果實的時候。』
譚雅走在羅倫斯和赫蘿之前，要帶他們去傳說的可能起點。

『那時候，還會有人來挖留在山裡的鐵，讓我很傷腦筋。因為才剛發芽的樹苗會被他們連根挖掉……』

毛茸茸的尾巴無力下垂。

『可是師父說我種樹是很好的事，應該繼續種下去。因為山裡有一個從天上下來的天使，雖然現在在睡覺，卻還是因為樹木不見了而非常憤怒。』

那應該是在說墮天使，不過很難想像會有因為樹被砍光而發怒的天使。

『讓天使繼續生氣就不好了，所以師父要我讓人類知道這件事，阻止他們上山。』

譚雅有點笨拙地翻過路上的岩石。

會被赫蘿一轉眼就逮到，看來不只是因為她是個優秀的獵人。

『然後師父他們弄來一些木炭，從山裡留下的石頭裡弄出鐵來，做成一扇很大的門。我都是在保護那扇門。』

「門？」

『對，再過不久就要到了。』

松鼠譚雅當然是用四條腿走山路，可是隨步伐扭動的鬆軟背影會令人想到她先前人形的裸體，眼睛不知往哪擺。

赫蘿好像在背後低吼，羅倫斯便努力別開視線。

『師父就是從那扇門叫出天使大人，讓人們見識他憤怒的樣子。雖然我沒有直接見到天使大人長什麼樣，可是……呵呵，大家都慌得好誇張喔。師父真的是很偉大的鍊金術師。』

譚雅回過頭，笑得真的很開心。

她是原本就住在這一帶的松鼠，只能眼睜睜看著人們為鐵礦蜂擁而至，把山砍得光禿禿。儘管如此，等到山裡不再產鐵，人類隨之離開後，她依然致力於在山上重新種樹。然而不時有人上山尋求剩餘鐵礦，踐踏她的努力。

這時鍊金術師的隊伍出現，並幫助了譚雅。

時序似乎就是這麼回事。

「這位天使大人，該不會對教堂的鐘做了些什麼吧？」

這問題讓譚雅轉身停下來。

『對呀！我也嚇了好大一跳！天使大人一到門外，就射出了制裁之光！』

制裁之光？

『咬的？』

「不是用咬的嗎？」

譚雅歪起頭，扭扭鼻子。

『我不知道……可能只是沒注意到而已。我只記得，師父一把門打開，天使大人就隨著刺眼的光芒出現，鐘旁的人就跟著亂成一團，然後教堂的大老爺們都在鍊金術師面前下跪了。從此以後，接近這座山的人就少了很多，都被師父說對了。』

怎麼聽都像是摻了聖人傳說的童話故事一類。有則故事就是聖人伴著聖光走出洞穴，消除了散布於人間的瘟疫。

所以她是說，這裡也有個天使從鍊金術師所造的門後出現，對教會的鐘塔射出制裁之光，嚇壞了山下眾人嗎？如果是操縱雷電，那還說得過去，至少呼應墮天使從天而降的說法。

「話說妳的師父……也就是那群鍊金術師，原本是來山上做什麼？」

『師父他們是說來調查天空的。』

「天空？」

『所以他們白天替天使大人造門，晚上都在調查星星的狀況。我想他們一定是在找天使大人是從哪顆星星下來的。』

譚雅天真無邪地笑。

這樣的確說得通，但羅倫斯還是覺得奇怪。

因為鍊金術師比商人更不怕神。若問羅倫斯世上誰最不相信神或天使存在，第一個想到的一定是鍊金術師。

這樣的鍊金術師會往天空尋找天使的住處嗎？

「那妳師父他們現在在哪裡？」

羅倫斯的問題使譚雅表情一沉，蓬鬆的尾巴也萎縮了。

『不知道……師父他們好像在調查世界各地的天空，沒多久又到其他地方去了，我是很希望他們能一直留在這裡啦……因為天空不是走到哪裡都一樣嗎？』

譚雅抬頭望天。今天天氣不太好，到處都灰濛濛的。

嘆口氣之後，她繼續前進。

『門就在這前面。』

羅倫斯踏著滿地落葉，跟隨譚雅的腳步。

走在更後面的赫蘿，到現在都沒出過聲。

『到了，等我一下喔。』

譚雅小跑步到一堆落葉前，努力地撥。

這時赫蘿的頭忽然探到羅倫斯之前，用力一吹。

『呀啊！』

一股將譚雅的柔軟身體都吹出波紋的強風，將落葉一口氣吹開。覺得赫蘿粗暴也只是一瞬間，羅倫斯旋即為落葉底下的東西瞪大眼睛。

「這就是……門？」

那是一個鉛灰色的鐵製大圓盤，直徑與羅倫斯身高相仿。整體略為向中央凹陷，表面上有精美的雕刻，難道這就是大教堂畫裡那張怪臉的真面目？

可是……門上雕的是一名少女，讓羅倫斯不敢肯定。

『這就是汝說的天使嗎？』

由於門夠大，門上的雕刻就像真的少女一樣。這個一頭長髮，長相溫柔，閉著眼睛像在沉睡的少女，與其說是天使，還比較像是聖女。

『不，這是師父他們的大弟子。』

譚雅手抓上巨大圓盤，將圓盤立起，又讓羅倫斯吃了一驚。不是因為譚雅力氣意外地大，而是這扇「門」並不如他想像中通往其他地方。

就是一面單純的圓盤。

赫蘿湊上鼻子聞聞圓盤的氣味，繞到另一面之後睜大眼睛。

『汝啊。』

叫喚羅倫斯時，她對譚雅使個眼色，要她翻面。

「啊！」

另一面刻滿了一張長滿鬍鬚，頗具威嚴的男性臉孔。

『這是在呼喚天使大人時刻的。』

譚雅說得興高采烈，羅倫斯卻是和赫蘿面面相覷。

這下畫裡的演員都到齊了。

『不過呼喚天使大人以後，為了不讓他再出來，才在另一面刻上大弟子的模樣。』

「……不讓天使大人出來，和這位少女有什麼關係嗎？」

「這是因為大弟子雖然有人的外表，實際上跟我一樣並不是人，而是從遙遠南方只有沙的世界來的貓小姐。」

『喔？』

又出現一個非人之人，讓赫蘿有點感興趣。

既然鍊金術師也帶了個非人之人，的確是不會因為山裡有譚雅這樣的人物而吃驚，也會樂意幫助她。

『師父說天使大人有翅膀，所以怕貓。』

聽譚雅笑嘻嘻地這麼說之餘，羅倫斯對少女雕刻讚嘆不已。不僅是因為雕工好和少女的美貌，而是感到少女過得很幸福。

身為人類的鍊金術師，帶了一個非人之人。

然而，他也認為雕刻貓來箝制天使只是鍊金術師的藉口。

羅倫斯感到以為就快窺見天使存在的興奮急速冷卻，也發現圓盤是門，門裡有天使的事全是虛構。

因為他知道，鍊金術師在另一面刻上這位稱作大弟子的貓少女有另一個更簡單的原因。

『所以這下面有天使嗎？那傢伙該不會是蟲唄？』

赫蘿抓抓圓盤先前掩蓋的地面，不舒服地說。生火時，她經常為了搬石頭當椅子坐而發出可愛尖叫。那跟一般村姑討厭蟲的理由不太一樣，純粹是尾巴長了跳蚤虱子會很麻煩而已。

『不……天使大人並不在地下。它這樣子就是門了。』

『嗯？』

「古代的異教故事裡常有這種事。例如將銅鏡仔細打磨以後掛起來，作為神界與人界的窗口。」

羅倫斯轉向譚雅。

「譚雅小姐，妳都在守護這扇門嗎？」

『對。我每天都會整個磨一遍，然後……』

她輕輕放下圓盤，手往附近岩縫一伸，拉出一個經過長年使用而破破爛爛的麻袋，裡頭放了雕刻工具。

『為了讓用來鎮壓天使大人的大弟子像保持得漂漂亮亮，最近我還在周圍雕花呢。』

羅倫斯這才注意到，刻在圓盤上的少女看起來很華麗，是因為圍了一圈花朵的關係。她雕得很細，沒耐心的赫蘿只需一天就會放棄不幹了吧。
同時，羅倫斯腦袋裡的點又多連成了一條線。
那便是這山裡的傳說之一。
至今仍夜夜迴盪，令人以為礦工亡靈至今仍在挖礦的金屬敲擊聲。
「譚雅小姐，妳該不會都是在晚上刻吧？」
『對呀，被人看見就不好了嘛。』
在充滿自信的譚雅面前，羅倫斯對赫蘿使個眼色。
赫蘿不耐煩地哼一聲。
「那我再問一下，妳不知道怎麼開啟這扇門吧？」
『對。師父只跟我說，等我雕工夠水準以後，一定會回來教我。要我持續維護這扇門，在山上種更多的樹。』
譚雅手上的雕刻工具都磨損得很嚴重，就連多半是鍊金術師給她的麻袋，也爛得幾乎要失去容器的功能。
從旅舍聽來的故事，以及艾莉莎在大教堂發現的鑄鐘記錄來看，譚雅遇見鍊金術師已經是五、六十年前的事。
人的壽命並不長，除非那位鍊金術師獲得傳說中的賢者之石而成為長生不老之身，否則肯定是再也不會回到這座山了。

羅倫斯想說出來，卻又吞了回去。

一來是不想在赫蘿面前說，二來是不想毀掉譚雅的笑容。

「妳的花雕得這麼漂亮，師父一定會誇妳的。」

羅倫斯的稱讚使譚雅開心地豎起尾巴，原地蹦蹦跳跳。

之後譚雅又說了很多事，但也只了解到鍊金術師並沒有告訴她太多。然後圓盤果真只是鐵塊，不像有什麼神奇的裝置。

羅倫斯看譚雅雕刻時，赫蘿在周圍嗅了一圈，什麼也沒找著。山裡有墮天使存在的傳說，基本上不可能發生。

就這樣，羅倫斯和赫蘿等到天黑便下山了。

譚雅一路送他們到山腳下，還用裝滿一整個樹皮籃的橡實當禮物。童話般的結果讓羅倫斯差點笑出來，不過對於將山的命運託付給他們的譚雅來說，似乎是唯一能給的謝禮。

黑夜中，羅倫斯看著譚雅的背影獨自返回山上，有點心痛。

羅倫斯還沒出生，甚至在祖父輩的時代以前，她應該就獨自住在這座山裡了。

如今譚雅仍在痴痴等待她喚作師父，令她傾慕的鍊金術師回來，和這座山一起遭受時光之流的擺布。

『汝啊。』

在山下森林壓低聲響奔跑的赫蘿開口呼喚羅倫斯。

「什麼事？」

然而赫蘿沒有說下去，羅倫斯也不再追問。與她作伴這麼久，即使經常被她譏笑遲鈍，也懂她現在的心情。

既然給不了譚雅什麼，至少要讓她能夠繼續靜靜等待鍊金術師回來。

不用赫蘿說，羅倫斯也有這個打算。

「松鼠的化身？」

回到大教堂後，艾莉莎拿出白天烤的麵包給他們吃。

看見羅倫斯抱著一大堆橡實回來，艾莉莎說可以磨成粉摻進麵包節省餐費，聽得赫蘿都打寒顫了。摻橡實粉的麵包，難吃到連狼也怕。

「原來山裡發生過這樣的事啊。」

艾莉莎聽完羅倫斯轉述，平靜地說。

「可是，也只是把畫裡的人物都弄清楚了而已……鐘的謎還是沒解開。」

赫蘿大口嚼麵包，嚥下去之後責問似的說：

「汝打算把那座山怎麼辦？」

眼神與平常和艾莉莎鬥嘴時不一樣。

銳利得像在生氣，但藏著些什麼。

多半是她不想再看到，又有從月光與森林的時代生存至今的生物，被人類文明之光逼得走投無路。那種慘劇她已經看得太多了。

「如果我裝作從沒注意到那塊土地……妳會滿意嗎？」

在無人大教堂的迎賓餐廳裡，羅倫斯坐在特大號長桌的角落吃麵包。桌上擺了裝水的玻璃缽，裡頭的燭光照得缽通體輝耀，亮得驚人。

但氣氛卻與這光明相反，三人一閉上嘴，沉默就壓得喘不過氣。

羅倫斯看著閃亮亮的玻璃缽，說道：

「就算妳裝作不知道，回到妳的村子裡，山還是在那裡。遲早會有人拿它開刀。」

艾莉莎聽了閉上眼，嘆息似的說：

「就是這樣沒錯。」

這次赫蘿沒多嘴，將不滿發洩在麵包上。

那座山是因為譚雅努力不懈地重整，才會不知不覺又恢復滿山綠意。先不提魔山傳說，明顯有作為資產的價值。

「賣了那座山，能讓這主教區的人生活輕鬆很多。這筆錢可以挖新井，鋪路到山對面的城鎮，甚至能蓋一間村營的旅舍。就算賣不出去，在這個時代擁有一座稱為魔山的土地是一件很不名譽的事，這座教堂的聖職人員說不定會想放棄這裡。」

若教會下令匡正綱紀，得做的可不單是吐出長年囤積的財富而已。聖職人員的品行、名譽與信仰純正與否，都會受到嚴格要求。

赫蘿臉這麼臭，是因為寇爾和她女兒繆里正是這潮流的部分起因。

「那麼艾莉莎小姐，就只能賣山了嗎？」

這問題惹來連羅倫斯都退縮的凌厲瞪視。

「請不要看不起我，我也是有血有肉的。」

方方正正的頑固少女不在了。

現在的她，還比較像個稱職的聖職人員。

艾莉莎為自己發火而害羞地別開臉，嘆著氣放鬆肩膀說：

「……不過老實說，既然教會有這麼一座資源豐富的山，我還是希望能和人民分享上天的恩惠。經過我的調查，這一帶已經虛耗教堂的財產很長一段時間了。」

見過山的狀況，羅倫斯也想到了幾條生財之道。那種遍地是橡實的土地放養豬隻，一定能養得肥肥胖胖。那種樹是良質薪柴，也很適合做家具。而且近來貿易熱絡，造船一艘接一艘造，木材與木炭價位居高不下。若需求太多不堪運送，只做燒炭生意也行。

「可是那都是那隻大笨驢努力的成果，人類什麼也沒做。」

赫蘿尖銳地插嘴指責。

「而且那些厚厚的落葉底下，仍到處是含鐵的石頭，鐵礦並沒有完全枯竭。當初就只是沒樹沒水，在人類常說的天平上不划算才不幹了而已唄。如果又讓人類上山，注意到鐵的存在只是遲早的事，到時候又要開始挖了！」

如今有滿山的樹可以煉鐵，譚雅又將眼睜睜看著山變得光禿禿一片。而且人類上山以後，那扇門還能藏多久也很難說。最後譚雅會失去她苦苦耕耘多年所恢復的自然環境，失去所託之門和她與鍊金術師的一切聯繫，又要孤孤單單地在禿山上種幾十幾百年的橡實，痴心等待鍊金術師回來。

光是想像那個畫面，羅倫斯就心如刀割，但先落淚的卻是身旁的赫蘿。

「……大笨驢！」

赫蘿要撞翻椅子般猛一站起，跑出了餐廳。

麵包只咬幾口，酒碰也沒碰。

羅倫斯只是起身，怎麼也做不出下一步動作。

因為不曉得追上了赫蘿能說什麼。

「人真的好無力。」

艾莉莎淡淡的一句話，讓羅倫斯坐回剛抬起的臀。

「……一點也沒錯。」

或許是捱了赫蘿的撞，玻璃缽的光也搖搖晃晃。

在這個殘酷的世界，想珍惜某個事物也很容易被一些小事撼動，不過是虛幻之光。

「可是……除了覺得世界很殘酷以外，我也有點生鍊金術師的氣。」

艾莉莎不禁停下撕麵包的手。

「你嗎？為什麼？」

「譚雅小姐說，鍊金術師帶了一個貓的化身，所以他一定曉得非人之人和人類壽命不同。那麼……」

他就不能讓譚雅好過一點嗎。

艾莉莎拿麵包的手無力地放在餐桌上。

「這麼說來……沒錯，關於那座山歷史的怪畫有可能不是教堂裡的人畫的，而是受到鍊金術師的要求所畫。」

羅倫斯看向艾莉莎，只見她正看著描繪在餐廳牆上的聖經章節。

「即使將山塑造成魔山，若不留下記錄，幾個世代以後恐怕就會被人忘得一乾二淨。如果畫成圖，就能留存幾百年。所以他是為了保護那隻善良的松鼠，留下這份禮物代替回不了山的自己阻止人們上山吧。」

非人之人的壽命，比人類長上太多。

即使譚雅所傾慕，稱為師父的鍊金術師多半已經不在人世，那幅畫仍完整留在教堂裡。

「鍊金術師不打算回來嗎。」

艾莉莎搖頭回答羅倫斯：

「這我不知道，不過他特地將稱作大弟子的貓少女刻在門上了吧？就我聽來的感覺……他是打算回來的。至少是想在貓少女獨自留下以後，給她一個歸宿。」

羅倫斯見到少女的雕刻時也曾這麼想。如同他想在阿蒂夫留下赫蘿的畫像，說不定鍊金術師是為了讓貓少女被時光之流留下以後也能再見到無比開朗的譚雅，才留下那面圓盤。

也因此捏造了所謂的天使。

那多半只是鍊金術師為了將人們趕離這座山，而使出的某種障眼法。

這樣解釋就合理多了。

「然而，無論任何問題都不會有萬能解法。即使是原本刻在石板上的聖經，若非有人一再復刻石板，再抄寫在無數的羊皮紙上，肯定無法留存到今天。」

「妳是說想幫助留在山上的譚雅，就得替她找個後繼？」
「與其說是後繼，不如說是新袋子。聖經上說過，不要拿舊袋裝新酒。」
的確，無法治本的手段只能將問題推遲幾年，而根本在於這個貧窮的主教區需要賣山換錢的事實。
到目前為止，都還能用傳說掩護。可是在教會改革的浪潮下，這個方法也出現危機。想保護那座山和譚雅，需要用別種方式來掩護。一種可以保護那座山，驅趕入侵者的方式。
羅倫斯深坐餐椅，再度注視玻璃缽中搖晃的燭火默默沉思。
如果像幫助正在代理狼與辛香料亭的瑟莉姆他們那樣，演出一場奇蹟讓人將山列為聖域呢？可是那裡被人長年視為魔山，要讓人突然改觀恐怕很困難。況且傳說中還有鍊金術師出現，機會更渺茫。
再說艾莉莎就因為周邊地區的人都知道魔山傳說，認為附近找不到買家而向遠處的阿蒂夫主教求助，希望能找到無懼於傳說的貪心商人來談價錢。
剎那間，羅倫斯抬起了頭。
「商人？」
艾莉莎隨這呢喃訝異地眨眨眼睛。
「商人……商人啊……」

「怎麼了嗎？」

羅倫斯張口回答艾莉莎。

伴隨著巨大水車開始緩緩轉動的感覺。

「就照原訂計畫，把山賣給商人怎麼樣？」

「咦？這不是……你怎麼突然這樣說？」

「等我一下喔，呃……」

羅倫斯閉眼扶額，努力運轉好一陣子沒有去動過的腦筋。

商人之間的利益網絡如蜘蛛網般錯綜複雜，與經營溫泉旅館完全不同。

與赫蘿旅行時，他就曾為如何抓住眼前的絲線吃足苦頭。

但現在的他多了歷練，有了年紀，與許許多多的人牽了線。多到下山走一趟，都會在意想不到之處遇見意想不到的老友。

那麼，用這樣的線織起的布，說不定就能將這座山整個蓋住。

「沒錯，就是商人。我認識一個由兔子的化身在打點的商行，他們的骨幹就是礦業。只要合算，他們應該會有興趣買下這座山。」

艾莉莎睜大蜂蜜色的眼，仍有點雀斑的臉一下子紅了起來。

「這樣就能照顧到那隻迷途的羔羊……小松鼠了吧！」

「不過重點不能放在挖鐵，那樣沒有意義。需要拐個彎，例如以山林來得及恢復的速度提供木炭之類。這個德堡商行有很多礦山要煉礦，木炭再多也不夠用才對。」

發現痴心的松鼠少女可以避免悲慘下場後，艾莉莎表情一亮，但又突然暗下來。

「艾莉莎小姐？」

艾莉莎糾結地咬咬唇，回答：

「可是……單純為了燒炭買山，能讓他們賺多少呢？」

她總是綁緊頭髮，挺直背脊，對的事絕不說錯。

現在身上穿的，是大教堂暫時託給她的祭司服。

「若價格便宜，我也相信德堡商行會願意買下這座山。且既然是由兔子的化身作主，很有可能會以所有權為盾阻擋外人上山，保護松鼠譚雅。可是我有任務在身，有責任盡可能高價賣出財產，造福這個主教區。賤賣還能產鐵的山這種事……我做不到。」

羅倫斯心想，幸好赫蘿不在。

這絕不是因為艾莉莎說了冥頑不靈的話，恐將踩碎希望之芽，惹赫蘿發飆。

而是佩服她擁有不會罔顧公平的正義之心，也慶幸沒有被赫蘿誤會。

「我是從旅行商人起家的溫泉旅館老闆，很會算帳的。」

聽了這句話，艾莉莎凝重的眉頭放鬆了點。

「妳已經有一個心目中的賣價了嗎？」

務實的問題使艾莉莎臉上頓時充滿生氣。就連那個死正經的寇爾，都說她是個嚴謹樸直的人，一定將大教堂裡那些滿是黴味的帳簿全看過一遍了吧。

「有。神說過『以大容大，以小容小』，我也不是什麼都想抬價來賣，公平就好。」

「那我們就來算一算吧。我會用我全部所知，把這座山賣個好價錢。畢竟——」

羅倫斯微笑著說：

「人家找我來本來就是為了這件事嘛。」

艾莉莎也笑了笑，迅速站起。

「請稍等，我去拿工具來。」

她興高采烈地離開，走的不是赫蘿那扇門。等到聽不見腳步聲，羅倫斯也起身離席。剛跑出餐廳的赫蘿應該還在門外等。

找赫蘿不是因為她被無力感擊敗需要安慰，是因為估價需要她的智慧。羅倫斯這麼想著，打開就在椅子後方的門。

在黑暗中，也能清楚認出擦在赫蘿尾巴上的玫瑰香。

赫蘿嘛嘴縮脖背著手，踮腳靠在門邊牆上。

「怎麼像個被放鴿子的小女生啊？」

羅倫斯不禁這麼說。在夜色深沉的走廊，赫蘿的紅眼睛閃亮亮地轉過來。

「大笨驢，咱都難過得跑出來了，怎麼沒追過來啊？」

羅倫斯無奈苦笑，張開雙手抱住赫蘿。

赫蘿用尾巴拍拍羅倫斯的腿，但沒有掙脫的意思。

「赫蘿，我需要妳森林之王的知識。如果用不會讓山禿掉的速度來砍樹，能砍多少出來？」

就連出入山林五十年的伐木工，在這方面的知識也不及赫蘿。

赫蘿抬起貼著羅倫斯胸口的臉，哼了一聲。

若將埋藏在主教區中的財產變現，那些金幣即可改善人民的生活。以一座綠意盎然，還有鐵礦可採的山而言，賣出合適的價格可謂是合乎神之正義的行為。然而羅倫斯以這樣的觀點開始加總能用那座山賺的錢之後，很快就發現差異的巨大。

「改種別種樹再加以照顧，會長得比較快唄。」

有幾百年森林知識的赫蘿提供建議，但也只能使蠟板上的數字多一點點而已。

出來旅行的他們，總是為木炭等燃料的價格咋舌，也曾為阿蒂夫火熱的木材市場與其現價吃驚。而且他們在路上，還幫助過一個因為木價飛漲，村中氣氛緊張而頭痛不已的領主。

可是計算結果與當作礦山的數字差距大得嚇人。

看著艾莉莎所提供的老帳簿，羅倫斯除了讚嘆還是讚嘆。

「開礦這麼賺啊……」

艾莉莎從寶庫拿來的帳簿上，滿滿是只能說目眩神迷的數字。更何況想要煉出一塊拳頭大的鐵所需的炭，就能塞滿能裝進整個成年人的麻袋了。鐵與炭的商品價值，差距就是這麼巨大。

「難怪只看過權貴爭礦山，沒看過為了爭炭窯開戰的。」

艾莉莎也放下帳簿，失望地說。手邊的小片玻璃眼鏡，在羊皮紙上映出沉鈍的光。

「那裡只能養養豬賺點外快，種香菇也只能給旅舍加點菜呢。」

聽了羅倫斯的話，赫蘿插嘴說：

「不如種果樹唄。山的另一邊不是麥子買賣很熱絡嗎？水果可以加在麵包裡，應該很受歡迎才對。」

「種水果很花人力，而且譚雅可是松鼠耶，跟叫妳去放羊一樣。」

赫蘿雖想反駁，最後還是不甘地閉上了嘴。她不是想到自己會偷吃，而是大快朵頤之前漫長痛苦的忍耐吧。

「可以稍微挖點鐵礦去賣嗎？」

羅倫斯苦著臉回答艾莉莎：

「最近的市場在好幾個山頭外，路又很難走。拖著原礦過去賣，運費根本不划算，而且那樣肯定會被人殺得很慘。不先煉成鐵的話，不靠大量水運恐怕很難賺錢。」

「這裡又沒有可以出船的河流呢。」

艾莉莎嘆口氣，低聲說：

「要賣礦就一定得煉嗎？」

「是這樣沒錯。」

想要足以煉鐵的火力，就需要相對數量的木材。還得製造煉爐，請人員管理，蓋房子給他們生活。人多了就得多燒柴，這部分成本需要以煉出更多鐵來打平。要挖出足夠的礦石，到頭來還是會傷到山。

愈是計算，羅倫斯的想法就愈像是畫裡的小麥麵包。

「要怎麼把山賣出更高的價錢呢……」

距離算帳最遙遠的艾莉莎也如此苦惱。

眼睛雖是憤恨地瞪著帳簿上的數字，可是在聖經上的聖句都無法救人的狀況下，沒什麼比那更可靠了。

在絞著腦汁的艾莉莎和羅倫斯身旁，赫蘿一拍桌面說：

「咱們是要賣給兔子唄？咱就用牙齒逼他高價買下來！」

若她只是氣急敗壞地賭說，事情還容易一點。

「然後再用咱的爪子去挖鐵石，背到遙遠的城鎮去賣，很快就能回本了唄！」

有赫蘿的銳爪和一晚就能越過地平線彼端山頭的腳程，說不定是辦得到。不過那僅限於弱肉強食的精靈時代，挖礦是更為複雜的事。

「山裡的礦石不會均勻分佈，需要順著礦脈慢慢挖。途中要排出地下水，架支柱防止坑道崩塌，而且每個方向都要挖，需要大量的人力和物資。這跟溫泉完全不一樣，不是妳一個能解決的問題。」

看著赫蘿懊惱低吼，羅倫斯牽起她的手給予無言的安慰。

靠蠻力能解決一切問題的時代早已過去。

「我還以為是個好方法呢……」

羅倫斯的喪氣話讓赫蘿跟著罵人。

「就是啊！汝每次都只想一半！」

儘管數落羅倫斯，牽著他的手也沒有甩開。

反而握得更用力，明顯是希望羅倫斯能反駁她。

「如果那座山附帶某種特權就好了。」

艾莉莎嘆口氣，一頁頁翻動帳簿。

「例如免稅權之類的？」
「這也行。像我看過其他教堂就有附帶貴族頭銜的土地，後來被一個因為近年景氣復甦而發跡的商人高價買走了。」
據說掌控這塊土地的人，竟能獲得伯爵之位。
就算是塊不毛之地，也會有買家感興趣。
「汝就不能編個什麼出來嗎？」
仍握著羅倫斯手的赫蘿問艾莉莎。
艾莉莎往他倆的手瞄一眼，無力地嘆息回答：
「若問能不能，倒也不是不能，例如買山就附送設立小教堂的權力什麼的。可是，德堡商行的人會出錢買一個沒有實質利益的主教或修道院長頭銜嗎？」
兔子的化身希爾德應該不會這麼做吧。
「唔～～……」
赫蘿呻吟著用尾巴拍拍椅腳，揪住羅倫斯肩膀問：
「汝啊，沒別的辦法了嗎……」
她是在譚雅的山上看見她待不下去的那片麥田了吧。
再說既然羅倫斯都發現鍊金術師再也不會回到那座山了，赫蘿不會沒注意到。

還要繼續活好幾百年的赫蘿，免不了面臨與他分離的那一刻。

幫助譚雅，等於幫她自己。

「有是有，只是希望很微薄。」

「什麼！」

不只赫蘿驚訝，艾莉莎也很懷疑。

「羅倫斯先生？」

她一副「怎麼現在才說」的表情，羅倫斯無奈嘆息著解釋：

「就是傳說裡那個天使。有那個天使的話，山就能高價賣出了。」

聽得張大嘴的赫蘿眉毛猛然豎起。

「汝要賣了那個大笨驢的寶貝嗎！」

「不是。那個鐵盤就只是鐵盤，可是教堂裡的畫卻幾乎是實際發生過的事。還不能解釋的，就只有會從圓盤出現的天使，還有教堂地下的鐘。」

羅倫斯牽起赫蘿的手，搖著說：

「一般而言，那多半是鍊金術師為防止人們上山而編的故事，但如果是曾經發生的事實呢？」

艾莉莎連眨眼都忘了，直問：

「……你是說不用木炭就能煉鐵那部分？」

鐵是貴在煉鐵燃料費高，如果真有能夠無火煉鐵的天使，礦山老闆們肯定會爭紅了眼。

「……那個天使在哪裡？汝要怎麼抓住他？」

問題就在這裡。

「所謂天使……會是像你們那樣的鳥嗎？異教的神話故事裡是有會噴火的鳥啦……」

艾莉莎極為理所當然地這麼問之後，赫蘿往羅倫斯看。

「汝那是不這麼想的表情唄？」

「我認為……天使只是鍊金術師因為方便才這樣稱呼的。」

在圓盤刻上一大張長滿鬍鬚的嚴肅臉孔，多半是加深印象用的誇張手法。後來刻上的少女，也肯定不是為了抑制天使。

鍊金術師不相信神的存在。

而且譚雅也說了，鍊金術師說會在她熟練雕刻技術之後回來告訴她們的祕密。

假如天使只是虛構，可能的方向就很有限了。

「這個天使，應該只是鍊金術師用來掩飾他們特殊技術的說詞。」

「技術？」

艾莉莎眉頭一皺，視線垂落桌面。手上拿的是堪稱玻璃工匠技術結晶的漂亮眼鏡。視力不好的人可以拿它放大文字來閱讀，此外還有很多用途。羅倫斯也在請瑟莉姆代理溫泉旅館之際替她買了一個，她驚訝得好比見到了魔法。

那麼鍊金術師用的會不會是某種不為人知的珍奇技術，而那面稱作門的圓盤就是祕密的關鍵？

「傳說裡是門一開天使就現身，在鐘塔上的鐘打出洞來沒錯吧？如果真有技術能做到這種事的話呢？」

羅倫斯現在還說不清那會是什麼技術，但若有哪裡可以突破僵局，就只有這裡了。

至少這比聖職人員跟商人和狼結夥上山抓天使還實際得多。這時，赫蘿開口問：

「既然要煉鐵……那就是很熱的東西唄……？」

她看看羅倫斯和艾莉莎，突然豎起耳朵尾巴大叫。

「汝啊，鑰匙！把地下室的鑰匙拿來！」

「咦？咦？」

赫蘿丟下錯愕的艾莉莎，已經跑出去了。

「還發呆啊！」看著赫蘿跑出餐廳的艾莉莎和羅倫斯被她一罵才回神，急忙追上去。

艾莉莎一開寶庫，焦急地等在門前的赫蘿就立刻衝進去掀開鐘的罩布，跪下來將鼻子湊到洞邊。

「果然沒錯。」

赫蘿站起來，不是抓羅倫斯袖子擤鼻涕，而是用鼻子吸氣之後說：

「這個洞不是用蠻力開的，是那個……像刮乳酪那樣挖出來的。」

「刮乳酪……卻不用蠻力？」

赫蘿說得像猜謎一樣，但羅倫斯很快就聽懂了。

「妳是說熔化？」

「嗯。洞口實在太平滑，不管爪子牙齒還是鳥嘴都弄不出來。咱先前也是因為這個緣故才搞不懂怎麼會這樣。」

她再度在鐘旁蹲下，伸進手指摸摸邊緣。

然而就算是熔出來的，要怎麼才能熔成那樣呢？羅倫斯的常識受到強烈震撼。假如真是熔出來的，那還真的只會像是拿燒紅的鐵棒戳乳酪的感覺。

但拿燒紅的鐵棒抵在銅鐘上，也不會這樣吧。

再說傳說裡沒有這種情節。

「咱知道的也就這麼多了。」

赫蘿遺憾地站起。

「技術是人世的東西，是汝等結束咱們的時代，將咱們趕進森林最深處的強大武器。」

人類就是憑藉這種才能與不斷的努力，發明各種器具，砍倒從前無法獨力砍倒的巨木，填平河川削鑿山巔。赫蘿說得像在挖苦羅倫斯，是因為這個可惡的技術現在能幫助譚雅，覺得很矛盾的緣故吧。

「算了，其中也有些很好用的嘛。」

赫蘿指著艾莉莎錯愕之餘從餐廳拿來的小玻璃片──眼鏡，尷尬地笑。

「可是什麼技術能讓天使從門出來，射出制裁之光，熔化鐘又能熔化鐵……？」

羅倫斯搔著腦袋想，拚命在譚雅的話裡尋找線索。假如鍊金術師沒說謊，真的願意告訴譚雅天使的祕密，那麼將鐵盤交給她不會沒有用意，那肯定就是呼喚天使出來的必須用具。

門。鐵門。

羅倫斯低吟似的說：

「話說回來，為什麼是門？」

從這裡就不懂了。譚雅的說詞是師父開了門，天使就出現。

開門？那只是一面鐵盤不是嗎？

羅倫斯從繫在腰間的錢包取出一枚銀幣。

其中一面和圓盤一樣刻有莊嚴的鬍鬚臉。

「汝不是說那只是一種說法嗎？」

「話是這麼說沒錯……」

開了門，天使就出現。可是用完後，為了不讓天使出現，就在鬍鬚臉的另一面刻上貓少女。

那真的沒什麼用意，就只是因為一時浪漫嗎？

羅倫斯將指頭捏著的銀幣開門似的扭動。

「唔，這個……汝啊！」

赫蘿瞇眼罵人，是因為銀幣反射了艾莉莎手上的燭光，掠過她的眼睛。羅倫斯趕緊道歉，嘴一開卻僵住了。

艾莉莎正擔心地查看猛揉眼睛的赫蘿。

羅倫斯的眼則盯著艾莉莎手上看。由特殊技術製成的玻璃碎片，比銀幣還亮。因銀幣反射的光。

一切就要在腦裡串起來了。

「汝……啊？」

「羅倫斯先生？」

赫蘿和艾莉莎不約而同出聲關切。

羅倫斯也受到這聲音引導似的，抬頭看房頂。

答案就在那裡。

「謎底解開了。」

赫蘿和艾莉莎如忘年姊妹般貼在一起，跟著看向房頂。

房頂就只是映著反光。艾莉莎手裡的燭光，受光滑銅鐘所反射的光。

但光裡有圓環紋樣，而艾莉莎手裡還有另一個重要的東西。那平時是用來放大文字的工具，但用途不僅如此。

再加上譚雅說的，為防止天使出現而刻的貓少女像。

她口中關於傳說的一切，都是有意義的。

「艾莉莎小姐，我找到天使了。」

「咦！」

「妳手上的，可說是天使的眼淚啊。」

艾莉莎傻張著嘴，看看手上的眼鏡和赫蘿。

赫蘿先行動身。

「汝啊，這次幫得了她嗎？」

羅倫斯回答：

「要是搞錯了，妳來咬我的頭。」

赫蘿睜大眼睛，聳肩擺動耳朵尾巴，笑出一口白牙。

羅倫斯需要等到日出以後才能確認這個發現的正確與否，而他也對赫蘿這麼說了。但赫蘿是個做了決定就比羅倫斯更執著的人，沒給羅倫斯補眠的時間。

還來不及說話，她已經脫光衣服恢復狼形，趴平看著羅倫斯。

要是不騎上去，她恐怕會硬生生趴到天亮，或是伸長脖子吞了羅倫斯吧。

「小心點喔。」

艾莉莎很習慣了似的撿起赫蘿脫了一地的衣服，以頭疼又擔心的表情這麼說。

『汝就在這寫賣山用的信，等咱們回來唄。』

赫蘿對她這麼說，沒等羅倫斯坐穩就起跑。

削過耳畔的風聲比昨晚更強勁。四條腿蹬踏地面的力道，也強烈透露赫蘿有多急切。羅倫斯緊抓的毛底下，透出發燙的體溫。

赫蘿全力奔跑，是為了被時光之流隱沒的人們。

她將每一天所發生，會從記憶中幾乎凋敝殆盡的事拚命寫進日記裡。

笑那是無謂的掙扎也無妨。

但羅倫斯和赫蘿就是相誓珍重這一切，才能夠互相扶持到今天。

所以即使衝進山腳森林的赫蘿簡直忘了羅倫斯在背上似的閃躲樹木，跳過岩石，用獠牙勾住斜坡往上撲，羅倫斯也沒有怨言。

譚雅就在她藏鐵盤的位置。好久沒有這麼晴朗的夜晚，她便利用難得的月光趕工了吧。她手上還拿著雕刻工具，昏睡在圓盤上。

在月亮就要消失在地平線之際，譚雅注意到渾身冒著蒸汽的赫蘿接近，嚇得四腳朝天。

羅倫斯溜下赫蘿的背，對嚇傻的譚雅問：

「請教一下，天使是從門的這一面出來的嗎？」

他指的是譚雅仔細雕花，刻有貓少女的那一面。

『是、是沒錯，可是……』

沒錯。

那麼這少女像確如鍊金術師所言，是為了不讓天使出來而雕的。與事實不同的是，雕刻本身就是封印天使的蓋子。

「然後他們在雕刻這個少女像之前，先把這一面磨得非常非常光亮，對嗎？」

譚雅睜圓眼睛，抽抽鼻子，像是注意到了什麼。

『是、是這樣沒錯。那個，你該不會……』

睡著了也握在手裡的雕刻工具，從比起身體顯得很小的手中落下。

她養育了幾十年的樹木所鋪成的落葉，柔柔地接住它們。

「對，我解開天使之謎了。」

羅倫斯的話使譚雅愣在原處，小小的黑鼻子陣陣顫動。

她背後天空逐漸發白，映出山峰剪影。

「譚雅小姐，請幫我把門立起來。」

『好、好的。』

譚雅連忙抓住圓盤邊緣，一口氣抬起來。

閉目微笑的少女，浮現在黎明的蒼茫光線中。

「這個技術，其實算不上是祕密。」

如大教堂裡的圖畫般扶持圓盤的譚雅，以意外強烈的視線注視羅倫斯，鬍鬚都顫抖起來。

『可、可是師父叫出天使大人的時候，大家都很驚慌耶。』

「我並不懷疑。不過這件事，跟見過松鼠的人在森林裡看到妳卻以為是熊是一樣道理。」

『咦……？』

羅倫斯微笑道：

「就算是大家都見過的東西，當規模巨大到一個程度以後，也會是一種奇蹟。」
他看著逐漸出現在腳邊的陰影。影色漸濃，彷彿會升起又大又圓的旭日，祝福這一天。照得譚雅瞇起眼睛，圓盤上的少女閉著眼微笑。
宛如已經料到接下來會發生的事。
「不過因為有貓的化身在，所以天使大人多半不會完全現身就是了。」
就在羅倫斯這麼說之後，太陽從連綿山稜的彼端，堪稱此地穀倉的廣大平原地平線上探出頭來。
光線的洪流灌入巨大圓盤的凹面，幾乎要發出「刷——！」的聲響。
『啊、啊！』
譚雅小小的眼睛睜到不能再睜，凝視這一刻的變化。
灌入圓盤凹面的光依從自然法則受到反射。經過精細調整的凹面，即使受到貓少女像不少干擾，仍將光線洪流聚成指向一點的光帶。
「跟眼鏡一樣啊，赫蘿。」
聽羅倫斯這麼說，趴到現在的赫蘿才站起來。
「送瑟莉姆眼鏡的時候，我也有特別叮嚀過。」
羅倫斯轉身說：

「那就是不能擱在太陽底下。眼鏡會集光，我曾經因為這樣把紙燒焦過。」

赫蘿半張滿是尖牙的嘴，注視譚雅天天擦亮的閃耀鐵盤。

那就像開了一道門，將另一個世界的光引過來般反射強光，將陽光尚未觸及的森林樹幹照得刺眼。

「如果磨得不夠好，眼鏡就不能清楚放大文字，也不能拿來當打火石。我想，這面鐵盤也是經過鍊金術師精心調整過凹度才有這種效果，所以用完以後才刻上了少女像。」

以免又意外反射光線而造成火災。既然一個不到巴掌大的眼鏡都能燒焦紙張了，這麼巨大的圓盤所匯聚的陽光能造成什麼災害。羅倫斯不敢想像，只能僵著臉乾笑。

就是這樣的力量能夠熔穿青銅吊鐘，甚至煉出鐵來吧。

『啊啊、啊啊……』

譚雅失聲嗚咽，不禁放開了鐵盤。

巨大鐵盤忽一搖晃，差點就砸到羅倫斯的腳，幸好赫蘿叼住他衣領往後拉才躲過一劫。飛揚的落葉在閃亮亮的強光中紛紛飄落時，譚雅的淚水卻滴個不停，她當場蜷成一團。門的謎都解開了，還哭什麼呢。

不過，羅倫斯知道她的眼淚代表什麼。

雖然譚雅有點少根筋，但好歹也知道人類有多少壽命。應該只是裝作不知道而已。

逃避鍊金術師不會回來的事實。

讓謎仍舊是謎，讓回憶依然是那麼美好，再也不更新。裝作不懂一度刻下的過去，不能用新的色彩重新畫過。

她給自己施加的詛咒，如今終於解開了。

曾有那麼一瞬，羅倫斯覺得自己不該解開門的祕密。這樣譚雅就能繼續自欺，永遠活在美好回憶裡。即使被趕出這座山，也能背上圓盤到其他土地默默過活。

使謎依舊是謎，過去仍是過去，作著鍊金術師總有一天會回來的自欺之夢。

羅倫斯這麼想時，赫蘿突然從背後頂他一下。

她接著在羅倫斯抗議之前走向譚雅，用她的大舌頭粗魯地舔譚雅的臉頰。乍看之下像是在嘗獵物的味道，但譚雅抬起頭來，抱住了她的前腳。赫蘿繼續舔舔譚雅的背，又趴下來讓她摟著自己頭部蓬鬆的毛邊。

『咱們會活很久很久。』

赫蘿垂眼看著抽泣不已的譚雅，再看看羅倫斯。

『可是，咱們不能作無止境的夢。』

妳做的並沒有錯。

赫蘿安慰她說。

羅倫斯選擇相信這句話。

他撥撥身上落葉，往地上一看，見到刻在圓盤上的少女。

少女臉上洋溢著幸福的微笑，宛若天使。

艾莉莎聽完羅倫斯解釋無火煉鐵的技術概要，往眼鏡看一眼，急忙讓它遠離燭光。

在山上解開天使之謎後，兩人默默聽著平復下來的譚雅傾訴她與鍊金術師的回憶。直到日暮西山，他們才返回教堂。

這次不只是羅倫斯，譚雅也騎著赫蘿回來了。

見到這麼巨大的松鼠，艾莉莎都看傻了眼。但她不愧是有過多次經歷的人，一句「來烤橡實麵包吧」就讓譚雅笑起來了。赫蘿不想吃卻也不好阻止，一臉鬱悶的樣子看得羅倫斯直偷笑。

在橡實麵包快烤好的深夜，他將艾莉莎寫下的賣山備註和他自己寫給希爾德的信綁在赫蘿的脖子上。

「怎麼不等麵包烤好再走？」即使艾莉莎留人，赫蘿也逃跑似的出發了。

以赫蘿的腳程，一個日夜就能跑回離開好幾天了的紐希拉。

對於經營礦山的希爾德而言，那面鐵盤肯定有千金的價值，必然會連山一起高價買下。

羅倫斯也曾擔心希爾德說不定已經注意到與鐵盤相近的技術，但是被譚雅的話化解了。

她說無論山變成什麼樣，她都會永遠待在哪裡，因為刻在鐵盤上的大弟子說不定哪天就會帶著師父的回憶回來找她。

聽譚雅這麼說，赫蘿表示就算要亮獠牙也要逼兔子吐出金幣來。她說不定真的會這麼做，所以羅倫斯已經在信上寫到，假如赫蘿勒索他，請儘管告狀。

隨後赫蘿就這麼帶著這封充滿各種心思的信，轉眼消失在夜色中。

目送赫蘿離去後，羅倫斯唏噓望天。

他們這段曾經畫成傳說的故事，仍會以這樣的形式延續下去。

「羅倫斯先生，麵包烤好嘍！」

變成人形幫忙烤麵包的譚雅一聲呼喚，將他的視線從天邊拉回來。

轉頭一看，身材前凸後翹，跟赫蘿很不一樣的譚雅正揮著手。

羅倫斯也揮揮手，低語道：

「為了表示對妻子的愛，我就把麵包全吃光吧。」

橡實麵包又苦又硬。

就像不為人知的故事一樣。

喔不，還是留一塊給赫蘿好了。羅倫斯這麼想著，不禁莞爾。

狼與尾巴的圓舞

這天深夜，羅倫斯在寒意中醒來。睡眼惺忪的他一手將毛毯拉過肩膀還不夠，一手在被窩裡摸索。他找的是質地與毛毯完全不同的蓬鬆毛皮。

而且那還是有血有肉的活毛皮，連主人一起擁在懷裡即是無上的溫暖。美中不足是毛皮的主人睡相太差，但只要不捱頭槌，嚴冬也能一覺到天明。

然而不管羅倫斯在黑暗裡怎麼往毛毯底下摸，也摸不到想找的東西。難道是出去喝水了嗎？眼睛睜開一條縫之後，他才終於想起。

赫蘿早就在三天前的夜裡出門了。

羅倫斯將失去歸宿的手擺在胸膛上。穿過窗縫的月光照在天花板上，像爪痕一樣。距離天亮還久得很。

他抹抹臉，輕聲嘆氣。

第一晚，他還覺得反而輕鬆呢。

離開紐希拉的溫泉旅館下山旅行後，也許是因為感覺開闊，或是不用在女兒面前裝穩重了，赫蘿的飲酒量明顯增加。她很喜歡醉了倒頭就睡，羅倫斯就得在她睡前代為處理很多事。當然，羅倫斯並不討厭這樣，而赫蘿也多半只是裝醉來享受有人服侍的感覺，但累還是會累。

所以羅倫斯起先是帶著放鬆的喘息，品味這久違了的寧靜夜晚。

到了第二晚，他就有點閒得發慌了。

羅倫斯下榻在瓦蘭主教區的大教堂宿舍，目前這裡是由一名女性聖職人員——他的舊識艾莉莎管理。艾莉莎不會將漫漫長夜浪費在與羅倫斯喝酒閒聊上。太陽還沒下山，她就已經用完簡樸的晚餐，向神進行長時間的默禱，早早就寢節省蠟燭。最多只會在睡前加一句「希望明天也是安穩的一天」吧。

赫蘿則完全相反，只會把握時間飲酒作樂——今天走了這麼長的路，多喝點犒賞自己；今天什麼事也沒有，多喝點慶祝一下；太早結束這一天很可惜，能多晚吹蠟燭就耗多晚。

醉倒之前，還少不了嘟噥明天早餐的菜單。

有赫蘿在時，這樣的夜晚是理所當然。如今這麼早就被迫上床，總覺得有很多事沒做完，靜不下心。無奈之下拿酒出來，但一個人喝也沒意思，最後還是死了這條心早早上床睡覺。

第三晚，譚雅下山來了。她是在瓦蘭主教區的魔山與天使傳說裡扮演要角的松鼠化身，羅倫斯在前幾天解開了遺留在魔山裡的祕密與鍊金術師之謎，此後譚雅總是用閃亮亮的眼神看著他，讓他有點害羞。

而譚雅最近熱衷於計畫在這個有魔山之稱的廢棄礦山上，設立伐木與燒炭的據點。赫蘿三天前出門，就是為了送信給有舊交的德堡商行談買山的事。由於重新開礦會讓山轉眼禿光，只能當作木材與木炭的供應地，問對方願不願意。

花費多年心力在禿山種樹的譚雅，就是為如何維持山中植被的情況下獲得最大利益燃起了雄心壯志。

所以她非常熱心地向羅倫斯請教該種什麼樹，怎麼種能才賣更好的價錢。松鼠型態下圓得像顆球的譚雅，是個跟外觀一樣有點少根筋的溫柔女孩，但也因此特別有毅力，能夠全心投入在一件事上。而且她還將羅倫斯當英雄一樣崇拜，讓人很容易想多教她一點。

赫蘿就跟她差多了，怎麼教也記不住貨幣種類，頭腦很聰明卻容易厭煩，只有在使壞地輕咬羅倫斯打鬧時表情最開心。更別說她的女兒繆里深深繼承了她的個性，完全就是個年紀更小的野丫頭……羅倫斯一邊輕嘆，一邊回答熱心發問的譚雅。

由於關係到主教區的財產，艾莉莎也難得在第三天夜裡很晚才睡。等到談完回房，沉默與黑暗讓他覺得好累。上次有這種感覺，還是行商生活的時候。這跟到訪的村落正好舉辦慶典，瘋了一晚之後獨自回到空無一人的旅舍準備明日所需的感覺是一模一樣。

然後到了第四天。

白天都在和前晚留下來過夜的譚雅研擬植林計畫，不過她日落之後就返回她最愛的山上，艾莉莎也照常早早就寢了。獨醒的羅倫斯頓感無趣，忍不住拿出酒來。

斟得比平時多一點，啜飲一口，配點香腸再一口。沒聊天對象，使得這過程反覆得很快，醉意一下子就來了，羅倫斯便像跳下快馬一樣鑽進被窩裡。
然而即使借了酒力，夢鄉說不來就是不來。以為輾轉反側後終於睡著了，不一會兒醉意退去又冷颼颼地醒來，直至現在。
這讓羅倫斯不得不承認。
少了赫蘿很寂寞。
他已經想不起沒有赫蘿的生活，儘管還沒入冬，被窩裡也是冰冷難耐。
德堡商行位置雖遠，對赫蘿來說只是一下子的事。況且就屬她最不可能迷路或遭遇強盜。
那麼有可能是在德堡商行對賣山一事起了爭執，不過最可能的還是在德堡商行總行受到熱情款待，一不小心就待久了。赫蘿笑擁滿桌酒肉的樣子，實在太容易想像。
沒什麼比赫蘿過得開心更重要，留下來的羅倫斯只好獨守寒夜。這樣的現況，讓他心裡有個想法滾滾而上。
他最後在床上長嘆一聲，放棄睡覺坐起身來，循窗縫照進來的月光掃動視線，找到了擺在桌上的厚厚紙疊。
接著下床伸手，翻開頭幾頁。那全是以說客套話也算不上好看的獨特字跡，寫下每天發生的事。
說什麼早餐麵包太硬，中餐麥粥肉太少，晚餐葡萄酒太酸。

「都是吃的嘛。」

羅倫斯苦笑低語，繼續翻赫蘿的日記。雖然寫了一大堆芝麻綠豆的小事，但那都是會隨日常生活輕易淡忘的每日回憶，赫蘿寫日記就是想記下它們。

更讓他驚訝的，是看著這些記述真的讓他想起許多事情。

羅倫斯站著翻日記，嘆口氣撫摸字跡。這是壽命長久的赫蘿為終要與羅倫斯別離的那一天所準備的，算是一種藥。

其用意，羅倫斯當然是比誰都清楚。可是獨自留在房裡後，他才對赫蘿被迫與什麼戰鬥有了比較實際的體會。

赫蘿才離開幾天，而且她還一定會在不久之後回來就這樣了。

如果這是再也無法相見的永別呢？

羅倫斯慢慢深呼吸之後不禁搖搖頭，覺得那一定痛苦得不堪想像。等著赫蘿的，就是這樣的痛苦。

自己能力有限，至少就幫她增添日記厚度，盡可能滿足她每天的任性……然而翻著翻著，這念頭也逐漸萎縮。

因為即使這樣伺候她，追著赫蘿尾巴似的一字字往下讀之後，看見的都是羅倫斯不給咱買什麼、不給咱做什麼、不貼心、打呼很吵等怨言。

「是不是像艾莉莎說得那樣，我真的太寵她啦……」

羅倫斯繼續翻到最後一篇，也就是赫蘿出門當晚寫的部分。那裡寫到了一句「肯定會有喝不完的美酒」。

對赫蘿恐將晚歸的疑念又鑽上腦袋。

德堡商行是掌管北方地區的大商行，控制著大部分物流。赫蘿必定是一路上都在期待一盤接一盤的山珍海味，她送這趟信也該獲得那樣的慰勞。

可是對獨喝悶酒的羅倫斯來說，感覺有點不公平。

就在他想像赫蘿一個人享樂，愈想愈悶時——

「？」

木窗外的月光忽然一暗。另一扇窗還有光，不像是被雲遮住。

羅倫斯疑惑地開窗。沒有大叫，不是因為他膽子大。

而是那畫面實在太離奇。

『怎麼，這麼晚了還沒睡，寂寞到睡不著啊？』

月光照耀下，一頭巨狼對他賊笑。

房間在宿舍二樓，窗口正好對著赫蘿狼形的鼻尖。

懷疑自己在作夢的羅倫斯站在窗前說不出話，只見赫蘿左右擺擺她的大尾巴，將鼻尖伸進窗裡來。

吸了幾口氣之後，接著把她的大眼睛往窗口抵。

『汝跟那隻松鼠處得不錯嘛？』

羅倫斯都恐怕抱不住的大眼珠直瞪著他。

赫蘿有不會放過獵物任何舉動的紅眼睛，和不會錯過任何謊言的耳朵。

就算是夢，能見到赫蘿還是很開心。羅倫斯強忍笑意，大口吸氣回答：

「山裡有很多事需要討論啊。」

『味道這麼濃，汝等也走得太近了唄。在打什麼主意？』

譚雅個性溫柔近人，跟略顯厭世氣質的赫蘿很不一樣。

距離很近是無法否認，但沒有做出任何值得她懷疑不忠的事。

何況羅倫斯也有話要說。

「對獵物這麼不放心的話，妳就早點回來嘍？」

赫蘿似乎沒想到會遭到反擊，眨眨眼睛之後皺起鼻梁。

『大笨驢，汝知道咱跑得多用力嗎。』

還隔著窗口低吼起來。

「是喔，那怎麼酒味這麼重？」

狼形的赫蘿即使全身都是毛，表情卻意外好懂。

從她別開眼睛裝蒜，就知道她真的在德堡商行大喝特喝過。

但看起來沒有醉意，只是喝到毛髮散發酒氣了吧。

『大笨驢，那只是兔子他們知道怎麼向賢狼致敬而已。』

赫蘿如此回答之後，將脖子往窗口推。大把狼毛擠進房來，羅倫斯跟著發現毛上綁了東西。

『那像長了跳蚤一樣很不舒服，快幫咱解開。』

羅倫斯取下用狼毛捆住的信函，替她撫平蜷曲的部分。

赫蘿像撒嬌的狗似的蹭脖子，可是牆壁隨之發出恐怖的嘎吱聲，羅倫斯趕緊推回去。

「受不了。」

退開的赫蘿又賊笑一下，尾巴大大一甩就消失不見了。

還以為這一切都只是一場夢，但信函仍好端端地留在羅倫斯手裡。探頭出去往下一看，便見到恢復人形的赫蘿站在窗下。

她當然是一絲不掛，月光映照她的玉膚，更勝絲絹的長髮隨風搖曳。靜靜望月的赫蘿，彷彿是月之精靈。

夢境般的畫面使羅倫斯看的出神時，那美麗的狼少女竟打了個大叔式的噴嚏，一點也沒情調可言，但這樣才是赫蘿。

羅倫斯苦笑著拿起掛在椅背上的大衣，捲起來丟給赫蘿。

「趕快上來吧，會著涼的。」

赫蘿穩穩接住大衣，一把甩開披上肩。

然後堆到面前，大口深呼吸。

「呵呵，有汝的味道。」

泛紅的眼開心地笑。

羅倫斯想說些什麼，但不知從何說起。

他對赫蘿的愛，畢竟不是三言兩語能夠道盡。

所以他擦擦鼻子這麼說：

「歡迎回來。」

赫蘿睜大眼愣了片刻，又開心地笑起來。

「嗯！」

「怎麼不是『我回來啦』？」羅倫斯無奈乾笑，赫蘿威風地抬高下巴向前走。

羅倫斯目送大衣底下忽隱忽現的尾巴，直到她消失在宿舍裡才抬起頭準備關窗。

今晚不是滿月，但月光同樣燦爛。

羅倫斯對月亮恭敬行禮，雙手關窗。

用力抱住踏著優雅步伐進房來的赫蘿，是不久後的事。

隔天，羅倫斯享受了一陣子赫蘿的睡臉才輕柔地叫醒她，恭敬奉上夾了乳酪與香腸的麵包，並在公主坐在床邊晃腳吃麵包時替她梳理尾巴。

雖然赫蘿也想把麻煩事全丟給羅倫斯做，但只有心情好時才會讓他代為保養尾巴。整個儀式甚至要到餐後擦去嘴邊的麵包屑才大功告成。

赫蘿在朝陽下滿意地笑，在羅倫斯臉上親一下。

「看到你們這樣，都要懷疑我們家感情不和了。」

替教堂院內藥草澆水的艾莉莎看著羅倫斯和赫蘿牽著手從宿舍走出來，不敢置信地說。

「這是格局不同。」

見赫蘿高挺胸膛這麼說，就連艾莉莎也只能笑了。

「結果怎麼樣？」

「應該是個不錯的數字。」

羅倫斯將赫蘿從德堡商行帶回來的信遞給艾莉莎，見她的手因農事而弄得烏七抹黑便收了回去。艾莉莎看看藥草田後說：

「藥草田的水澆完了，信就跟早餐一起看吧。還是你們已經吃過了？」
「啊，我們——」
「嗯，好主意。」
赫蘿打斷羅倫斯，而艾莉莎也已經心裡有數了。
「沒說還沒吃過這點，還算是值得稱讚吧。」
艾莉莎用木桶裡的水洗手，熟稔地抽出腰帶間的手帕擦乾，倒光水和其他農具抱在一起。
「神也提倡我們慷慨待客。」
赫蘿尾巴大幅搖擺起來，羅倫斯替艾莉莎拿了點農具。

羅倫斯向赫蘿介紹艾莉莎跟現煮羊奶一起拿出來的東西。那是一種在艾莉莎的故鄉已經變成名產的硬麵包，叫作餅乾。
「嗯，很有嚼頭吶。」
赫蘿啃得喀喀響。最近不只鬆脆的點心受歡迎，口感硬的也異軍突起。羅倫斯猜想艾莉莎特地端硬的出來，多半是因為狗喜歡啃骨頭，並將餅乾用羊奶泡軟了吃。餅乾裡除了奶油、鹽和蛋，還用了砂糖這樣的奢侈品。平時呼籲節儉的艾莉莎也會這麼慷慨，讓羅倫斯很驚訝。

「這位希爾德先生，也有參加你們的婚禮吧？」

艾莉莎攤開希爾德給她的信並這麼問。

在那場熱鬧的婚禮上，羅倫斯和赫蘿幾乎將他們在旅程中認識的朋友都找來了。

「沒錯，他就是兔子的化身。」

艾莉莎點點頭，往開心啃餅乾的赫蘿看。

「妳不會真的勒索了希爾德先生吧？」

赫蘿的狼耳朵彈起來，眼睛瞪過去。

「大笨驢，咱怎麼可能幹那種事。當然，要是兔子自己怕了咱的威嚴，咱就管不著嘍。」

雖然她驕傲得挺起胸膛，但她自己也清楚希爾德不可能這麼懦弱。

「不過，他不只是針對山的狀況問了很多，天使之門的事更是問到咱都煩了。說那麼多話，潤喉也是很累的。」

她喝的酒恐怕跟說的話一樣多吧。而希爾德提出的數字，看來也是誠實地加總了山本身與天使之門的價值。

另外，天使之門是鍊金術師以其技術製成的工具，實際上是用來聚集太陽光代替火燒的金屬鏡。羅倫斯知道用來放大文字的玻璃珠有時會引起火災，但當初也沒想到精密搥製過的巨大金屬板，真的也能造成足以煉鐵的高溫。

如同狼體型大到赫蘿那樣就會被人當神膜拜，廣為人知的現象以巨大規模發生時，往往會突然變成未知的奇蹟。這就是一個活生生的例子。

「那麼，這的確是包含所有考量的結果吧。」

艾莉莎像個兼具教養與虔誠的理想聖職人員輕輕點頭。

「我也覺得這個金額不錯。木材價格現在只漲不跌，山的價值應該暫時不會變動。」

「再來就只剩用這裡保護譚雅了吧。」

即使德堡商行買了山，屆時實際工作的人大部分還是來自當地。非人之人的故事對他們而言只是童話，當然也無法拆穿譚雅是松鼠的化身。想讓譚雅和他們順利合作，就需要替她想一個適合人類社會的計畫。

教會擁有廣大領地，人的出世到入土都在其管理之下，要無中生有製造一個新村民簡直是輕而易舉。

「很高興這麼順利。」

艾莉莎放下信紙看向羅倫斯，放鬆地微笑。那是兼具嚴肅與溫柔的笑容。年輕時的她，總是只露出嚴肅的一面，看來她的年紀沒有徒長。

「可是接下來才麻煩喔。」

赫蘿這麼插嘴，並咧嘴威嚇往木碗裡最後一片餅乾伸手的羅倫斯。

「麻煩？為什麼？」

開心大嚼最後一片餅乾的赫蘿舔舔手指回答：

「等會兒咱們不是要帶妳的回信到北方去嗎？而且信上寫的是很大一筆錢。咱也跟這頭大笨驢旅行了很久，大概想像得到那會是多少貨幣。如果要把這麼大一筆錢送到這裡來，想也知道是誰要扛這件事。」

赫蘿一臉嫌麻煩地靠上椅背。

艾莉莎眨眨眼睛，再看向羅倫斯。

赫蘿注意到他們的視線，也盯著他們看。

「那是什麼表情？」

艾莉莎想了想，將長桌上一張羊皮滑到羅倫斯面前，像是要他來說。羅倫斯只好拿起紙回答：

「妳不用背那麼多貨幣啦。」

赫蘿聽了挑起一眉。

「不然要怎麼辦？找一整隊馬車堆滿貨台送過來嗎？」

「沒那種必要，回信也不需要妳來送。希爾德先生很信任我們的。」

「唔、嗯？」

「要花大錢買一座位置遙遠，又看都沒看過的山，他卻想都不想都付帳了，真是大商人的楷模啊。」

羅倫斯跟著展示艾莉莎給他的羊皮紙。

「那什麼？」

他對不悅地皺著眉的赫蘿說：

「這叫匯票，以前旅行的時候也看過不少次吧？」

「？」

「這樣一張紙，就能代替那一大堆錢了。」

赫蘿稍微睜大眼睛，然後用羞惱的眼神瞪那張匯票。

「……又是汝等那種魔法啊？」

「在艾莉莎小姐面前，我哪敢講魔法。」

艾莉莎當然不在乎這種小玩笑，繼續優雅地啜飲羊奶。

「妳說得沒錯，運送那麼多現金是很辛苦的事，還很危險。所以希爾德先生就在這張紙上簽名保證它的價值。我們只要拿這張紙到夠大的商行去，就能領到紙上寫的金額了，很厲害吧？」

這就是商人之間的信用網絡。在相隔兩地的商行所織起的商業網目之間流動的，是名為信用的貨幣。薄薄的一張紙，就能代替閃亮亮的金幣。

在家裡囤積金山銀山的吝嗇鬼，為何總是被形容成疑神疑鬼的醜陋角色，答案就在這裡。因為懂得運用信用，就沒有囤積金幣的必要。

「當然，希爾德先生可以輕易取得這麼巨大的信用，表示他是個格局非常大的商人，這比魔法還厲害啊。」

德堡商行是掌控北方地區的大商行，還發行了自己的貨幣。

對於有幸認識如此商行的核心幹部，羅倫斯也深感榮幸。

不過身為狼的赫蘿似乎不太喜歡羅倫斯誇讚兔子希爾德，有點不高興。

「所以說，這下妳沒藉口又到德堡商行去大喝特喝了。」

羅倫斯這句話讓赫蘿猛一上火，耳朵和尾巴的毛都倒豎了。

「大笨驢！」

然而她還是露出了遺憾的表情，其實還是有所期待吧。

看她那麼貪嘴，羅倫斯笑著說：

「別氣別氣。無論如何，事情都解決了。我們也該離開這裡，到下一個城鎮去了吧？」

在長桌底下用力踩羅倫斯腳的赫蘿懷疑地看過去。

「要不要到山另一邊的大市集看看？雖然寇爾和繆里那邊很讓人心急……不過都到這來了，不去走走也說不過去吧？」

赫蘿靈敏地甩動兩次狼耳，放開羅倫斯的腳，立刻變得笑呵呵。

羅倫斯為其現實唏噓時，艾莉莎開口了。

「要去那裡的話，我想拜託兩位一件事。」

將希爾德的信小心折好後，總是冷靜的艾莉莎這麼說：

「可以帶我一起去嗎？」

羅倫斯當然很驚訝。一來艾莉莎正在教堂看門，二來她也不是會以購物為樂的人。

只見艾莉莎嘆口氣，牙疼似的捧起右頰。

「其實這座教堂和村裡的人在大市集遇上了一點麻煩。我昨天接到他們求救的信，還在想該怎麼辦才好呢……這一定是神的指引。有你們同行，我就放心多了。」

艾莉莎像是刻意以聖職人員的口吻這麼說，看看羅倫斯與赫蘿。

她能成為一個優秀的聖職人員，是因為她能用幾句話就讓對方覺得義無反顧。

艾莉莎非常明白自己的角色。

羅倫斯也很樂見她如此稱職，笑著回答：

「不嫌棄的話，就讓我們送妳一程吧。」

艾莉莎應是肯定他會同意，才在這時候提起這件事。

赫蘿對羅倫斯做個不耐煩的臉，但沒有多嘴。

即使再貪吃，赫蘿也注意到了桌上這又甜又有口感的餅乾是為這請求而準備，爭著吃掉最後一片的她沒臉抗議。

「太好了，願神保佑兩位。」

即使沒有神保佑也似乎一樣能活得好好的艾莉莎，開始解釋事由。

那是大市集常見的事。

瓦蘭主教區的居民們會將秋季收穫送到大市集銷售，用那筆錢換取過冬物資。這種事已經持續了好多年，但是年年收購這批莊稼的商行遇上了經營危機。

若商行就此破產，他們就拿不到貨款，買不了過冬物資。對於沒有積蓄的貧苦人家來說，這恐怕是死活問題，所以拜託艾莉莎立刻拿大教堂的財產清冊到大市集救人。

而艾莉莎依然維持其本色，遇到這種事也沒有驚慌失措，將問題全部丟給羅倫斯。

「知道考慮幫助受傷的野獸，還是只考慮自己怎麼活下去就好，那個大笨驢也滿有頭腦的嘛。」

在宿舍房間收拾行李時，赫蘿讚嘆地說。

艾莉莎找羅倫斯談這件事，不是只丟下一句「現在怎麼辦」而已。

現在她手上有賣山換來的匯票，有機會幫助商行周轉，救他們脫離險境。然而機會多大完全是未知數，很有可能將賣山的錢全部投進去，最後卻是一場空。

另一方面，若放棄這個商行，將匯票全用在居民身上，肯定能購得好幾年份的物資。

想同時幫助商行與居民，恐怕只有神才辦得到了。

艾莉莎很清楚教會慈悲的救濟之手，在數量與力量上都很有限。

所以她拜託羅倫斯判斷商行的現況，她會做最後的決定。

長遠來看，賣商行這個人情對居民肯定有好處，但若要講求確實，就該直接用在居民身上。

艾莉莎總是實際地考慮每一件事，需要實際的資訊。原以為赫蘿會因為伴侶被屢屢要求幫忙而生氣，結果她反倒很喜歡艾莉莎的想法。

赫蘿曾受人類尊崇為神，也許是被迫面臨過很多次這樣的抉擇吧。

「不過就目前聽起來，這個商行不太像是買賣慘賠，而是有別的原因。」

羅倫斯整理行囊之餘，將那疊日記交給赫蘿。平時她甚至可能不想拿任何比麵包重的東西，就只有日記會乖乖收下。

「商行還會因為經商失敗以外的原因倒閉啊？」

「會讓商行不得不關門大吉的事還滿多的。」

「喔？」

赫蘿完全沒幫忙收行李的意思，盤腿坐在床上，翻開日記拿起羽毛筆。是覺得有趣就要記下來的意思吧。

羅倫斯現在也不會去抱怨這種事，繼續說下去：

「一種是單純長期虧損，一種是發生內部分裂，搞到經營不下去。再來就是經商的許可證被吊銷，根本就不能賣下去。」

赫蘿用羽毛筆搔搔下巴，似乎沒一項勾起她寫日記的興趣。

「還有一種就是明明有賺錢，結果還是破產了。」

這就讓她的耳朵尾巴豎起來了。看來是刺激到她的好奇心。

「怎麼回事？賺了錢就不應該倒閉唄？」

「可不是嗎？然而對商人來說，付錢跟收錢有時差是很正常的事。買東西要用金幣付現，賣了東西錢卻要下週才拿得到錢。這樣一來一往久了，有時候就會遇到金庫搬空的時候，如果這時候有重要款項得付就完蛋了。」

羅倫斯用力束緊麻袋，像是要勒死它一樣。

「不能履行承諾是商人的致命傷，當場就下台一鞠躬了。」

赫蘿盤腿蜷身，表情很糾結，像是無法接受。

「不是有賺錢嗎？咱還是搞不懂。」

「帳面上是這樣啦。東西已經賣掉但還沒收的錢，叫作賒款或是債權。只要這些『帳款』能全部收回來，就能還清『債款』。到這邊懂嗎？」

「這個……嗯。」

「不管哪個商行，基本上都是帳款比債款多，也就是有賺錢。只是，像剛才說的那樣，因為付錢跟收錢的日子不一定是同一天，所以要注意不能讓金庫空了。商行裡會有個統管所有帳目的人，為防止這種狀況而小心謹慎地調整金幣存量，但總會有意外或出錯的時候。例如以為能討公主歡心，結果反倒惹任性的公主生氣了。」

聽羅倫斯這樣講，赫蘿一副感同身受地點著頭說：「繆里那大笨驢就是這樣。」羅倫斯保持笑容不戳破，繼續講解。

「然後遇到危機時，最大的問題就是外人看不出那個商行的『帳款』是不是真的高過『債款』。帳簿上那些說穿了也只是文字而已，而且一條條去查也不太實際。」

「嗯唔……說得有道理。然後呢？」

見赫蘿這麼感興趣，羅倫斯也說得起勁。

「商行想存活下去，就只能博取周遭的信任。可是，想證明自己有賺錢，請別人放心交易，就只能乖乖付清每天該付的錢。所以金庫沒錢又遇到付款期限就慘了，付不出錢來就再也沒人會信任你，讓人懷疑經營狀況出問題，沒人想出貨給你。沒東西能賣，錢就更付不出來，最後買賣完全停擺，就像心臟不跳了一樣。」

羅倫斯拿起椅背上赫蘿的大衣拋給她。

「也就是說，只會等人伺候卻不會回報的公主，說不定哪天就沒人愛了。」

「嗯？什麼！」

「我當然也覺得妳總有一天會回報，可是那是寫在妳心裡的帳簿上。怎麼等也拿不到獎賞的我，心裡的金庫遲早會破產。很有啟發性吧？」

羅倫斯笑得赫蘿聳肩噘嘴，露出牙齒。

「大笨驢！明明是汝欠咱比較多！」

「是是是。」

羅倫斯簡單應付發飆的赫蘿，背起行囊。

「現實的買賣，就像現在的我們一樣，而且往來次數更多。妳想像看看我們都變成十個人，而且全住在一個屋簷下，整天吵著妳欠我我欠妳就知道了。顯然是遲早會出事的樣子吧？」

「……」

赫蘿似乎是真的想像了那種場面，尾巴像神經質的貓那樣不規則搖擺，沒有反駁。因為光是他們倆，就會為晚餐肉乾該不該多放一片吵架了。

「總之不管是什麼原因，只要能幫到那個商行就好了，可是難說得很啊……艾莉莎小姐自己也不太抱希望的樣子。不過這樣也好，信仰虔誠但做事實際，就是她的優點。」
「哼。」
赫蘿一點也不在乎似的下床穿大衣，羅倫斯替她繫上胸前的繩子。赫蘿沒道謝，一臉理所當然的樣子，尾巴卻明顯搖得很開心。羅倫斯特別喜歡她這樣，一不小心就什麼都替她做了。
赫蘿很少回報，但利息卻給了不少。
「可是汝剛說的那些，有個地方沒講清楚。」
她滿意地戳戳打在胸前的蝴蝶結，問道：
「商行倒了以後，他們的『債款』怎麼辦？像煙一樣消失嗎？例如這裡的人要跟那個商行拿的錢，到底會去哪裡？」
「不愧是賢狼。」
羅倫斯稱讚小孩般摸摸赫蘿的頭，讓她齜牙低吼。
「『帳款』跟『債款』，不會因為商行倒閉就直接消失得乾乾淨淨。商行倉庫裡總會有些值錢的東西吧？所以呢，其實有一個好方法可以幫這個主教區的人拿到更多的錢。」
赫蘿注意到羅倫斯語氣的變化，狼耳高高豎起。
「以最利己的方式來做，就是不伸出援手，反而殺進即將破產的商行，盡可能把他們賣出莊稼應得的錢帶回來，而且是不管他們死活那樣硬搶。如果全拿到了，一方面沒動到賣山的錢，一方面也拿到了今年收穫的錢，不是很棒嗎？」

羅倫斯故意露出刻薄的商人笑容。

「要是那個商行財產不夠，就不是所有債主都拿得到全額，先搶先贏。動作太慢，就只會剩下被別人吸乾抹淨的破骨頭了。」

「……聽起來還真缺德喔。」

赫蘿躲開羅倫斯的手，抱著日記重新抬眼看他。

那雙眼裡，有幾絲近似畏懼的色彩。如同人類對林中猛獸感到畏懼時那樣，林中猛獸畏懼人類時也有相同眼神。

「一點也沒錯。而且更麻煩的是，衰弱的羊只要接受適切的照顧，說不定會恢復健康。」

赫蘿睜大眼愣住。

「羊恢復健康以後，不就能產羊毛羊奶，帶來長久的利益嗎？出錢救那隻羊的話，錢總有一天會全部拿回來。也就是長遠來看，羊一受傷就去啃牠的肉，不一定是好事。」

妳對這道理有沒有印象呀？羅倫斯笑嘻嘻地開玩笑，赫蘿擺臉色給他看。

「咱有需要讓汝的錢包沒事就吐點錢出來，不然等到下次生意的本錢都沒了就得喝西北風了。」

赫蘿的任性，總是深思熟慮後的任性。

「果然是我的賢內助。現在呢，艾莉莎小姐就是在受傷的羊面前，想評估究竟該怎麼處理。而她真正厲害的地方在於，她曉得除了救活商行以外，不管走哪條路都一定會留下血跡。」

赫蘿注視羅倫斯，用的是狼在森林裡查看獵物動靜的眼神。

然後嘆氣。

「那隻大笨驢不只對咱們嚴，對自己也很嚴吶。」

「是啊。她說最後由她來作決定，其實就是替我們扮黑臉。她知道人家把吃力不討好的角色推給了她，也知道那本來就是外地人在做的事。所以她不是單純把工作交給我們，自己也要到大市集走一趟。」

赫蘿玲瓏可愛的鼻頭皺了起來。

「汝很喜歡這種事嘛。」

「現在有個人下定決心要扮黑臉，想幫忙是人之常情呀。」

赫蘿用眼神罵他濫好人，但還是牽起他的手用力握住。

嫌麻煩的她自己也是個濫好人，見到羅倫斯往麻煩事鑽，她也無法袖手旁觀。不過羅倫斯為幫助他人而行動，她也與有榮焉。但是麻煩還是麻煩，何況艾莉莎還是女人。

大概就是這樣吧。羅倫斯對板著臉的赫蘿說：

「好了啦，開心一點嘛。」

他抬起赫蘿牽住的手，用指背擦擦她臉頰。

赫蘿有點不耐地眯起眼。

「我會好好表現，帥一個給妳看的啦。」

這句話讓赫蘿愣了一下，然後不敢領教地苦笑。

「哼。不順要鼓勵汝，失敗了還要安慰汝，汝也替咱想一想好不好。」

尾尖輕拍了羅倫斯的腳幾下。

表示賢狼娘娘批准了。

羅倫斯再度用指背撫摸赫蘿的臉頰，離開房間。

艾莉莎將大教堂交給信得過的村民看顧，和羅倫斯跟赫蘿一起前往大市集。她不懂騎馬，山路又十分足以供貨車通行，他們便決定搭馬車去。

許多來自紐希拉的硫磺等貨物將貨台堆得很亂，但仍有給艾莉莎坐的空間。

然而，馬車的氣氛有點不對勁。

正確說來，是跟艾莉莎一起坐在貨台的赫蘿不太對勁。

赫蘿和艾莉莎個性相反，動不動就會去注意她。所以放她一個人在貨台，讓赫蘿坐不安穩，又不能叫她來駕座跟羅倫斯一起擠；把韁繩交給她，自己跟羅倫斯坐貨台更不對，只能讓赫蘿跟艾莉莎一起坐貨台了。

結果當然不是相談甚歡的氣氛，她們坐在距離最遠的對角線，艾莉莎一點也不在意赫蘿，赫蘿卻漲大了尾巴。

那大概不是因為討厭她，就只是把貨台視為地盤的意識太強了點罷了。而且艾莉莎對赫蘿而言並不是不值一提的對手，更是觸動她的神經。

在一起久了，羅倫斯很容易忘記赫蘿畢竟是狼。

不過赫蘿也表現出被強烈地盤意識牽著走的感覺，羅倫斯不敢亂開玩笑。根據他長年來的經驗，赫蘿一定會真的生氣。

充滿特異緊張的貨車不久駛入山中，在悅耳的落葉碎裂聲伴隨下穿過冬意漸濃的道路。

途中停車吃午餐時，艾莉莎藉機介紹大市集的概況。

大市集位在瓦蘭主教區東方山岳對側平原，一個叫薩羅尼亞的城鎮。每年在春秋兩季各開一次，春季有如池魚爭食，秋季吵得像在森林挖橡實的豬。

這說法是瓦蘭主教區的人告訴她的，而她似乎很喜歡這樣的比喻。

曾以行商為生的羅倫斯很了解這喧囂的苦與樂，隱隱一笑。而且赫蘿到了那裡，一定會到處討吃。

想到一半，羅倫斯忽然發現赫蘿不見了。也許是在貨車上獨自角力太累，午餐時她特別安靜，說不定是在鬧彆扭。

就在他逡巡是否該去找人而打算站起時，赫蘿回來了。一問之下，才知道她找了棵稍微遠離道路的樹，釘上給譚雅的信。

艾莉莎說她有交代過看管大教堂的村民，而赫蘿是這麼回答的——

即使譚雅據守的山離這有段不小的距離，她也一定會注意到他們經過這座山。而且譚雅一直獨自在山上等待從前認識的鍊金術師回來看她，要是知道他們翻山越嶺到其他地方去一定會很慌，所以留封信給她。

然而「難得這麼貼心」的感動一下就沒了。赫蘿像是在避諱艾莉莎，比平時多遠離羅倫斯兩個拳頭的距離坐在枯葉上，用膝蓋托住下巴，蜷起身體。肩膀雖沒碰在一起，尾巴卻搭在羅倫斯背上。

沒什麼，就只是赫蘿自己也害怕曾經親近的人忽然有一天消失不見而已。

她不會衰老，外觀與女兒繆里一個樣，形影卻有難以言表的差異。原因一定是在於她舉手投足間，不時透露出這樣的心理吧。

羅倫斯總是拗不過她要孩子氣，就是因為知道她那樣是在掩飾自己有點灰暗的一面。而赫蘿明知音樂總有一天要停，也伸手邀他共舞。

足以讓羅倫斯賭上一生的美好，就在這裡。

等到飯後休息結束，馬車再度駛動後不久，總算在山稜之後見到一座大城鎮。那即是內陸的貨運要衝之一，薩羅尼亞。

「哼嗯，就快在風裡聞到麥香了唄。」

赫蘿瞇著眼咧嘴笑。對於不善應付的艾莉莎也在她的地盤上這件事，似乎已經習慣了。

「吃不完的麵包和酒啊，不是很棒嗎？」

對於艾莉莎別暴飲暴食的叮囑，全都當作耳邊風。

赫蘿一如往常的貪吃樣，讓羅倫斯笑著握緊韁繩。

薩羅尼亞沒有高聳的城牆，不過周圍有一大圈土堤與壕溝，教堂的鐘塔矗立在城中央。建築之間不顯得擁擠，到處都有廣場，是因為這裡曾經是附近農村的物資交換處吧。廣場上農產品堆積如山，交易行為十分熱絡。

且看樣子，商品是依不同廣場分類販售。許多穿著體面的商人議價之餘，也和其他半年或一年不見的商人有親暱的互動。

就是這樣的露天交易所漸漸聚集起來，才形成這個每年兩期的大市集吧。

「這裡賣的是品質差強人意的小麥唄，那邊是給馬吃的燕麥。嗯……那裡有剛炒好的大麥，可以釀成好酒唄！」

也許是艾莉莎進城時便下車走路，赫蘿已經恢復平時的樣子。她到處嗅嗅，像個孩子拉扯羅倫斯的袖子又大呼小叫。

「艾莉莎小姐，妳知道主教區的人住的地方往哪走嗎？」

像這種城鎮，只要先找到教會，去哪裡都不成問題。所以貨車先往中央的鐘塔走，但艾莉莎很乾脆地搖了頭。

「不知道。我也是第一次來這裡，找人問路吧。」

她說完就在路邊拉了個人，只是每個人都很忙的樣子，見人就趕。到了第五個商人樣的男子，甚至一見到她就嚇跑了。

「……願神保佑他。」

艾莉莎嘴上雖這麼說，心裡說不定有點難過。

「都是汝表情太嚇人了，以為要纏上來訓話了唄。」

赫蘿一副幸災樂禍的樣子，被羅倫斯戳了戳頭。

「因為這時候大家真的都很忙吧。」

艾莉莎曖昧地點點頭，手扶上額頭。看來「表情太嚇人」讓她很在意。

羅倫斯又戳一下赫蘿的腦袋，從駕座上攔了個路過的工匠小伙計。雖然他一樣拿忙著辦事推辭，塞了幾個銅錢之後還是不太情願地回答了。

同時他發現，小伙計也在不時偷瞄艾莉莎。

「說不定是女性聖職人員很稀奇吧。」

儘管羅倫斯嘴上這樣講，他也深知那不是見到稀奇事物的反應。這裡是旅人雲集的大市集，奇人異士多得很。

心想究竟是怎麼回事之餘，羅倫斯還是以找到主教區的人為優先。

羅倫斯等人順利來到工匠小伙計說的旅舍。一樓的酒館部分坐滿了人，門前也有不少人拿著酒坐在地上喝。雖然看起來很邋遢，不過他們並不是地痞流氓，而是在買賣空檔喝點酒的商人吧。有的一看到艾莉莎就閉上了嘴，有的甚至把酒瓶藏到背後。

平時白天喝酒被聖職人員看見，免不了要被訓上幾句，不難理解為何有此反應。而艾莉莎只是輕嘆一聲，對縮頭縮尾的他們說聲：「喝酒要節制。」就進門了。

然而每個人見到她的反應都很怪。酒館裡忽然鴉雀無聲，充斥著令人連咳嗽都要猶豫再三的僵硬沉默。

赫蘿和羅倫斯在停在店前的貨車上目睹這一幕，面面相覷。
「妳說艾莉莎表情嚇人，是說笑的吧？」
「……大笨驢。」
就連開玩笑的赫蘿本人都不懂怎麼會這樣。
繞到旅舍後頭，停好馬車進門後，立刻就有一群商人吱吱喳喳地交頭接耳。艾莉莎在最裡面，被幾個人圍著。
「艾莉莎小姐。」
一喊她，她周圍的人全都轉頭看來。
有三個穿便服，像是聖職人員的男子。另外兩個服裝品質不錯，但從他們粗里粗氣的樣子看來，顯然是代表主教區村莊而來的村人。年紀全都是大羅倫斯一、兩輪。
「就是他們？」
「對。他們是我的老友，羅倫斯先生和赫蘿小姐。」
「幸會。」
他們略顯警戒地握起羅倫斯伸出的手，其中一人自稱是村裡的主祭。在溫泉旅館招呼了十幾年熟面孔，讓羅倫斯幾乎忘了基本上走到哪裡都是這種感覺。
「到房裡說吧。」

一行人前往樓上的房間，有兩個像在顧行李的年輕村人坐在走廊上玩牌，見到人來趕緊收拾。在他們的帶領下，羅倫斯幾個來到一間大通鋪。

「城裡氣氛好像不怎麼好呢。」

艾莉莎的一句話，竟讓年紀較長的眾人全都拉下臉，面子掛不住的樣子。

「幾個村裡的人到勞德商行去要錢了，可是情況實在不太妙……」

「雖然城裡看起來很熱鬧，但只是表面上安穩而已。艾莉莎小姐，您用這身打扮到城裡來的路上，有沒有人說過什麼難聽的話？」

聖職人員模樣的男子對艾莉莎使用敬稱，讓羅倫斯有點驚訝。艾莉莎是到處受人求助才輾轉來到瓦蘭主教區，途中和哪位高等職員成了知心好友也說不定。教會裡有獨特的上下關係，即使職位只是臨時祭司，也可能已經為她在教會裡博得不小的名氣。

「是沒有遇到這種事……喔不，也不盡然。」

艾莉莎對羅倫斯使個眼色，羅倫斯便替她說下去。

「城裡的人，看到她穿法袍好像都很緊張。」

聖職人員模樣的男子回答：

「我想也是。前幾天，還有個人被關進牢裡了呢。」

「咦？」

不僅是艾莉莎，羅倫斯也很驚訝，就只有赫蘿還悠哉地看著窗外。

「既然人們對法袍這麼敏感……是異端審訊官嗎？」

羅倫斯的問題終於勾起赫蘿的興趣。對非人之人而言，異端審訊官形同天敵。

「不，被抓的是商人。我們跟他很熟，作生意很實在，結果還……」

「現在很多人在猜他是不是已經這樣很久了，事實上也因為這個緣故，城裡的人都緊張得跟走散了的狼一樣。」

赫蘿一副想問什麼意思的臉，羅倫斯便摸摸她的背要她別急，說道：

「這麼說來，被抓的原因就很有限了。」

羅倫斯往艾莉莎看，而這位通曉信仰問題，對俗世的認知也不淺的女聖職人員回答：

「欠債嗎？」

借物不還，完全是背叛對方的信任。

欠錢不還，在教會甚至以罪孽論之。

「別看這城鎮這麼有活力，其實每個人都在為怎麼還債而頭痛。大家都在說，現在很多人在路邊喝酒都是為了怕人跑路呢。」

又或者是大部分的人都被債金壓得喘不過氣，到了不會去懷疑這種傳聞的地步。

「我們帶來的東西早就賣光光了，可是勞德商行硬是不付錢。主教大人、村長和幾個幫手加起來總共五個人天天到商行去討債，可是一直沒有好消息。」

「而且別村好像也是同樣狀況，幾個村的人擠在商行裡爭誰先拿錢呢。」

「村裡是還有一點儲備，但要是真的空著手回去，這個冬天八成會過得很慘。艾莉莎小姐，您那邊這麼樣？教堂裡還有多少財產？」

瓦蘭大教堂請艾莉莎來也是為了清點財產。

艾莉莎面不改色地從懷中取出匯票說：

「德堡商行跟我們買下魔山了。」

「喔喔！」

「不會吧！」

艾莉莎清咳兩聲，要興奮的人們安靜。

「解開山的祕密，並引薦德堡商行買山的，就是羅倫斯先生和赫蘿小姐。」

聽了艾莉莎這麼介紹，他們先前的警戒全都飛到九霄雲外，手握到都痛了，還熱情地擁抱。

「這真是天大的好消息啊！有了這筆錢，過冬物資就不用愁了！哎呀，本來以為今年要完蛋了呢，這樣主教大人和村長都能先安心了吧。快把他們叫回來，要去買東西了。」

面對謝天謝地，慶幸逃過一劫的人們，艾莉莎將匯票收回懷裡說道：

「看來勞德商行的狀況比信上說的還糟呢。」

「咦？」

艾莉莎用甚至有點冰冷的目光看著他們。

赫蘿交互看著雙方，等好戲上場。

「據我所知，勞德商行已經幫了瓦蘭主教區很多年……你們應該不是只想著拿賣山的錢自保，不管他們的死活吧？」

主教區的人聽了顯得很為難。

「可、可是艾莉莎小姐，插手這件事，多半不會有好下場啊。您真的想用那張匯票救勞德商行嗎？他們欠錢不給耶？」

「如果勞德商行有救，那麼幫這個忙，有好處的不只是他們而已。」

「這……這怎麼說……？」

艾莉莎清咳後解釋：

「他們付不了錢，就等於村人們辛辛苦苦種出來的莊稼得不到回報，只要幫他們度過難關，回報就回來了。如果丟下這筆錢不管，不僅對主教區來說是個損害，對村人甚至神的羔羊們的辛勞都是種侮辱，你們不這麼想嗎？難道單純用別的利益來填補損失，就天下太平了嗎？你們這種想法，是在踐踏所有拚命工作的人啊！」

艾莉莎鋼鐵般的倫理觀，讓那群大男人全都聽傻了，就連羅倫斯也不例外。

因為艾莉莎幫助勞德商行的動機，並不是受過他們照顧或是為了賣人情，而是保護主教區居民的勞動成果。

不過羅倫斯的第一個想法，是救人花費應該會高過莊稼賣價，這樣恐怕沒有意義，而主祭他們似乎也是這樣想。就在場面開始散發出艾莉莎自己才是沒看清事實的那一個時，她又開口了。

「我把帳簿全看過了。」

「……？」

她瞪了他們一眼，指頭像箭一樣刺出去。

「你們的財務根本是一塌糊塗！帳簿上滿滿是浪費、用途不明、計算錯誤，亂七八糟！你們到底把錢當成什麼啦！主教區有錢的時候或許還可以閉一隻眼，可是我們事奉神的人一樣不應該有這種態度！你們只會在這種時候考慮眼前的得失嗎？這樣到底有什麼意義！」

艾莉莎訓得他們全都變成縮頭烏龜。

看來瓦蘭主教區為錢所苦，除了採不到岩鹽和鐵礦還有其他原因。富裕時代留下來的壞習慣，讓他們不懂得管理預算。這樣的態度還代代傳下來，遇到問題就打馬虎眼混過去。

被艾莉莎罵得挺直背桿的不只是他們，連羅倫斯也是。

人基本上都是以勞動換取報酬，以報酬維持生活。換言之，損高於益就活不下去，可是艾莉莎還在這裡加上一個問題——為了什麼？

一回神，羅倫斯發現自己注視著赫蘿。

他無疑是喜歡賺錢，但其中肯定有喜好以外的基準。只要到達這個基準，即使虧損也在所不惜，只為了提升他生命的價值。

艾莉莎是一流的聖職人員。

羅倫斯暗自這麼想。

「所以我不能把這張匯票隨便交給你們！你們趕快去調查勞德商行的狀況，做該做的事，不懂的就跟這位羅倫斯先生請教！那全都是為了回報村人的辛勞，也是遵從神的旨意！」

這些老大不小的男人，被年紀和身高都能當他們女兒的艾莉莎罵得立正站好。艾莉莎多半是真的在高階聖職人員的介紹下來到瓦蘭主教區，然而這些人在她面前抬不起頭的原因並不只是那樣而已。

「我說完了！願神保佑你們！」

艾莉莎的訓斥到此結束，挨罵的人們鵪鶉似的來到羅倫斯身邊。

勞德商行是在薩羅尼亞發展初期，從南方來此拓展事業的家族商行。如今傳到第四代，中等規模，名聲還不錯。

有一定規模的商行，基本上是什麼買賣都做，其中葡萄酒是他們的主力商品。由於酒類絕不會有沒人要的一天，一般是擁有執照的商行才能販售。由此可知，勞德商行在城裡的地位並不低。

「沒聽說過他們走旁門左道之類的吧？」

在房門前玩牌的年輕人為他們準備的葡萄酒，多半也是勞德商行所販賣。羅倫斯喝著偏酸的酒，先從這問起。

「我們是懷疑他們經商失敗，再說這裡是小麥等農作物匯聚的大市集……賭博這種事是一定會有的。可是賭客之間都互相認識，有什麼根本瞞不住。」

比如預購明年結穗的小麥可能賺大錢，也可能慘賠。羅倫斯不久前也吃過鯡魚卵的苦頭。

「那商行有賺錢嗎？」

這問題讓出來說明的聖職人員和村民們面面相覷。

「說錯了我也不會怪誰的。」

艾莉莎這麼說之後，村民才鬆口氣說：

「我們是不相信啦……不過勞德商行的老闆是說他們有賺沒錯。」

這的確是很有可能的事。羅倫斯早猜到會是這樣而點點頭，不諳商道的人們感到很意外。

「可、可是既然有賺，那為什麼不付我們錢？為什麼現在會經營不下去？感覺說不通啊。」

羅倫斯側眼看看固守窗前吹著秋風喝酒的赫蘿，將上次對她說的話重複一遍。

聽到賺錢的商行也可能會倒，帳簿上的數字與金庫實際存量會有差距等，他們懵得像見了錯視圖一樣，而羅倫斯更在意的是商業現象之外的連帶問題。

「去勞德商行之前，可以先告訴我這座城的教會把商人抓去關的來龍去脈嗎？也請告訴我原因，還有當時的氣氛。氣氛是指大家都覺得教會遲早會做這種事，還是覺得很意外？」

赫蘿在撥動瀏海的涼風吹拂下舒服地瞇起眼睛，之後倒甩酒杯確定沒酒了以後才終於面向房內。

她的耳朵能夠分辨謊言。

艾莉莎是值得信任，但瓦蘭主教區的人能不能信就不一定了。

如同他們恭恭敬敬地請艾莉莎做這個棘手的決定，外地商人也常是好用的祭品。而隱瞞和掩飾，是不好的徵兆。

不看清楚狀況就一頭栽進去，恐怕明天被問罪的就是自己。

而森林中的爾虞我詐，逃不過赫蘿的耳目。

「我、我們知道的就只有——」

在瓦蘭大教堂擔任主祭的男子承受不了赫蘿和羅倫斯的視線，開始說明。

放高利貸，是會在地獄最深處遭業火焚燒的重罪，若利息合理則不在此限。同樣地，教會並不是全面禁止金錢的借貸行為。

與遭遇困難的人分享自身財富是非常崇高的事，即使借張毯子給旅人也值得誇讚，歸還時添點謝禮也是榮耀神的行為。

「所以說，適度的借錢在信仰上不成問題。發生這種事，不只是驚動全城商人，我們自己也很錯愕……」

「而且這座城的聖堂議會向來是以特別優待商人著稱，感覺更危險。」

大概是信仰上有潔癖的艾莉莎就在面前，不想被她當成沉迷於賺錢的墮落聖職人員，他們語氣有點帶刺。

然而艾莉莎本人對此沒什麼反應，靜靜等他們說下去。

「優待商人是有原因的嗎？譬如……商人平常捐很多錢？」

羅倫斯迂迴的說法，讓主祭與其他人都不太敢確定地搖了頭。

「我是不敢說沒這種事……但我想這還在合理範圍之內。」

「況且從歷史背景來看，這座城優待商人是合理的事。」

這句話就勾起赫蘿和艾莉莎的興趣了。

聖職人員們你看我我看你，最後由年紀最長的主祭繼續解釋。

「薩羅尼亞教堂的起源，可以追溯到這裡還是一大片草原的時候。在一個周邊農村以物易物，拿莊稼賣給商人的不定期市集邊，蓋起了一座小小的禮拜堂。一個曾經四處傳教的祭司住下來，薩羅尼亞便由此開始發展。」

羅倫斯的經驗告訴他，住在無主鬧區的流浪聖職人員，不是遭到排擠而離群，就是從未領過聖祿，單純嘴上工夫厲害的騙子。

「後來在這位祭司的努力之下，人們開始興建旅舍給來這作買賣的商人住。人愈來愈多，開始有城鎮的樣子，演變成大市集。這裡也隨著這個步調，變成正式的主教區。因此薩羅尼亞的歷史，可說是和商人一起發展起來的。」

「這麼說來，突然用放貸為由逮捕商人，是受到最近風潮影響嗎？」

羅倫斯的問題讓赫蘿縮縮脖子。

現在，社會正吹起匡正教會的風潮，產生巨大動盪。儘管大多數都是恣意妄為的教會自作自受，但由於位在這大漩渦中央的不是別人，就是羅倫斯夫婦的調皮女兒繆里和寇爾，他們總覺得難辭其咎。自己拉拔大的人對社會造成巨大影響，可能值得驕傲，也可能是場惡夢。而且那就像搬動長年堆置於倉庫的大木箱一樣，會弄出嗆人的塵埃。

他們知道寇爾和繆里的冒險影響巨大，帶來的不可能盡是好事。羅倫斯千里迢迢來到艾莉莎所在的瓦蘭主教區，原因就是那些麻煩事。

主祭當然不曉得這位舉世聞名的改革旗手與羅倫斯形同父子，凝重地說：

「就是這個緣故……雖然算不上是扯了黎明樞機閣下的後腿，可是……」

以一名教堂中的聖職人員而言，這口氣嘆得很重。總是旁若無人卻頗為在意他人眼光的赫蘿見到他的苦瓜臉，貓也似的別開眼睛。

「我們教區也收到大主教區的通知了，說要除去不當財產，順應神的旨意，所以我們請來艾莉莎小姐協助。再來……我們隨主教大人一起來到這裡，其實是因為前一陣子聽到了一個危險的傳聞，跟這個問題脫不了關係。」

「危險的傳聞？」

艾莉莎開口回答羅倫斯：

「據說上面下達特令，要求市集型城鎮的教堂剷除有疑慮成為罪惡溫床的交易。你也親身經歷過了吧？」

羅倫斯也向她說過在阿蒂夫買鯡魚卵的事。

這讓羅倫斯「嗯嗯……」地思考。

「所以說，預售小麥或農產品說不定也會視為賭博而遭到禁止？」

「沒錯。我們每年都要買很多的過冬物資，但我們不是直接買擺在店裡的東西，預約小麥、油或肉這些東西是很平常的事。有時候看起來像是賭博就是了。」

大多交易方式是來自滿足需求。羅倫斯沒有追問細節，點點頭說：

「萬一真的禁止預售，事情就全亂了吧。於是你們不希望發生這種事而來到這裡求證，結果發生了更大的問題。」

「對。這座城的主教大人也知道禁止買賣會造成大混亂，可是什麼也不做，會被當成罪惡的幫凶。」

「所以薩羅尼亞的主教大人心生一計……而那竟然是抓一個商人進監獄，還自以為是好主意。」

真沒想到主祭會這樣批評。

「自以為是好主意？抓商人坐牢？」

「對。現在這座城裡的每個人都欠一屁股債，動彈不得。明明買氣這麼旺，真是夠奇怪的。後來主教大人看不下去，想藉神的威光剷除罪惡並潤滑現況，來個一石二鳥之計。」

每個人都為債所苦，是因為他們都欠錢不還。教會將這個狀況視為罪惡，想促進還債。

道理並不難懂，但羅倫斯不禁拉長了臉。

「結果正好相反嗎？」

主祭和村人看看彼此，當自己的失誤一樣垂下腦袋。

「就是這樣沒錯。人們害怕繼續這樣下去，自己也要坐牢，錢更拿不出來，同時催債的聲音也更大了。現在是大商行的老闆吵得臉紅脖子粗，才吵出一個可以繼續作生意的結果出來。可是他們還是吵得很厲害，一枚銀幣都不想多給的樣子。」

想都沒想就拉扯一團亂的線會怎麼樣？

線會失去原有的空間，愈纏愈緊。

「怎麼會變成這樣呢？」

主祭苦惱不已地說。

「城裡的買賣明明是那麼熱絡。」

敞開的木窗外，可清楚望見充滿活力的城鎮。

路口攤商生意好得很，旅舍和酒館擠滿了人。

「教會裡還有人在猜，是不是有惡魔躲在這座城裡呢。」

主祭身旁的男子害怕地呢喃。艾莉莎挑起一眉，主祭愣了一下。

熱鬧的薩羅尼亞會莫名其妙陷入困境，是因為惡魔潛藏在市集雜沓之中，暗中搞鬼所致。

有這種想法並不奇怪，但艾莉莎的眼神頓時凌厲起來。

「是真的有人在這樣說嗎？」

主祭急忙幫腔。

「包含薩羅尼亞的主教大人在內，每個都是奉行教誨的人。那完全是無憑無據的瞎猜……不是說真的有惡魔存在……」

他們慌張，是因為害怕艾莉莎似乎與教會高階人士有交情，說不定會找來異端審訊官。到時候，與薩羅尼亞相鄰的瓦蘭主教區也要跟著倒楣。更何況她人就在這裡，絕對沒有好結果。

然而艾莉莎的反應似乎並不是出於對信仰的赤誠，而是替赫蘿憂心。想到可能有赫蘿那樣的非人之人躲在這裡，運使著某種不可思議的力量。

在艾莉莎的目光下，赫蘿罵她大笨驢似的嘴扭曲地撇向一邊。

面對這一連串反應，羅倫斯慢慢吸氣，大口吐出去。

感覺他們已經把知道的全說出來了，也抓到了大致的狀況。

那麼前旅行商人能做的，就只有一件事。

「我們就去把那個惡魔揪出來吧。」

商路是用腳走出來的。

所有人的視線，都聚集在羅倫斯身上。

穿法袍太顯眼，艾莉莎便換上便服。一行人以她為中心，前往勞德商行。路口有許多農作物攤販，小吃攤也是櫛次鱗比，一個表演團體前擠得黑壓壓一片。

乍看之下，每年兩期的大市集讓整座城是欣欣向榮，歌舞昇平。但若知道這外表的底下是多麼拮据，懷疑有惡魔存在也是無可厚非。

「喂，汝心裡有底了嗎？」

一行人以艾莉莎與主祭幾個帶頭，羅倫斯和赫蘿走在最後。四處張望城裡熱鬧景象之餘，赫蘿潛聲問道。

「妳是說惡魔的事嗎？」

赫蘿像是想起艾莉莎的視線，有點不高興。

「那隻大笨驢好像在想會不會是咱的同類吶。」

「疾病也經常被當成惡魔啊，人就是這副德性。有些城鎮的祭典，還會每年用疾病給人偶取名，從懸崖丟下去呢。這種事妳也聽說過一兩件吧？」

身為前旅行商人，羅倫斯並不是不信神。就只是他走到哪都是外地人，有過許多被迫扮演惡魔的經歷，能比較冷靜地看待這種事罷了。

「所以我們要注意的，就是不要被人栽贓，從懸崖上推下去了……」

這種事赫蘿也明白。人會為了一己之私，去輕視、疏遠原本崇拜的神，甚至永遠放逐。

「另一方面，艾莉莎小姐有匯票這個強力銀刺。要是真的有壞人，說不定能釘死他。」

赫蘿有點驚訝地睜大眼。

「那隻兔子給了這麼厲害的東西啊？」

「也不是什麼東西啦，就是一大筆錢。那張匯票上的數字，還真的跟山一樣多。不過那不是一座普通的荒山，是一座生產力頗高的山，這也是當然的啦。若只是金錢上的問題，那張紙還能跟王公貴族的一較高下呢。」

與那種金額無緣的羅倫斯，興奮得有如見到傳說之劍的小孩。德堡商行的希爾德一個念頭就能動用這麼大筆數目，也好比是傳奇英雄在揮舞這把寶劍一樣。

「那麼，汝找得出這個壞人嗎？」

赫蘿往雀躍的羅倫斯頭上潑桶冷水。

雖然在旅舍時都是羅倫斯告誡赫蘿不要懶散與貪杯，但是到了殘酷的人世間，總是赫蘿比較謹慎。

面對她「少當兒戲喔」的警告眼神，羅倫斯挺直背脊說：

「作生意的有趣之處呢，就是交易的線會把所有東西串在一起。只要順著勞德商行的交易記錄去找，就能找出到底有沒有惡魔。道理很簡單。」

「哼……？可是汝等人類動不動就愛保密，再說那種事城裡的人不會去查嗎？」

赫蘿說的也有道理，但既然對象是城裡的人，羅倫斯就敢保證還沒有人去查他們的帳簿。

正確來說，是不能查。但是他有開口要查，對方就會透露祕密的自信。

赫蘿聽了半信半疑，不過這裡是羅倫斯的拿手好戲。

一行人來到勞德商行後，預測很快就成為肯定。

「誰來都一樣，沒錢給就是沒錢給！」

艾莉莎等人才剛請求會見商行老闆，立刻就有人破口大罵。

「我們不是貪心小氣不給錢！是沒錢給你們！」

罵得滿臉紅通通，是個禿頭的白鬚老人——勞德本人。

辦公室裡有幾名商行幹部，都埋首於長桌上堆積如山的帳簿，絞盡腦汁想擠出一滴黃金來。罵人似乎已經是家常便飯，勞德罵得再大聲他們也無動於衷。

「可是，還是有人會拿到你們的錢吧。」

聽艾莉莎這麼說，勞德臉紅得像是額上血管都要爆開了。

「廢話！不知道這行規矩的人，少在那說三道四！我們就是為了你們的死活，才在這拚命不讓店倒掉的！」

艾莉莎的表情彷彿在說自私的商人怎麼會管別人死活，不過有一半是來自於她表情本來就很嚇人吧。

她回頭看羅倫斯，也是出於「真的嗎？」這麼一個單純的疑問。

「或許妳不相信，但沒有一個商人是該付的錢沒付也不在意的。因為那樣做，就只是個騙子而已。」

「就是那樣！」

勞德的音量還是一樣大，可是在介紹下得知羅倫斯是商人後，覺得總算來了個懂事的人。他慢慢地大口喘氣，平靜了許多。

「那麼，給付先後順序也合乎正義嗎？」

見到勞德額頭上的血管又像浮雕一樣冒出來，羅倫斯趕緊伸手制止。

「看起來是不太公平，但實際上付錢有分能等的錢和不能等的錢。各位只要在冬天來臨前拿到物資，就可以再撐一年──喔不，說得誇張點，就算他們現在不給錢，只要在早春連本帶利還給你們，你們也能接受吧？」

羅倫斯向艾莉莎背後的瓦蘭主教區人馬問。

「或許是吧……」

「窮一點的人家，是能靠教堂的儲糧過冬……」

「那麼不能等的錢怎麼解釋？」

見艾莉莎不畏不縮，純粹只為說清道理而問，這次勞德就沒上火了。不愧是大商行的老練商人，已經習慣艾莉莎的個性了吧。

「不能等的錢，就是不能停的買賣的貨款，而且規模愈大的愈重要。」

勞德這麼說之後抓起辦公桌上的毛巾，用力擦他的禿頭。

那畫面似乎很有趣，看得赫蘿直眨眼。

「現在有不計其數的農產品進到這座城裡來，並以眼花撩亂的速度交到每個商人手上。半年或一年前在大市集打的契約，也要在這時候結清。這些事不會只停留在這座城裡，跟其他城鎮的怪物級商行也有關，該給他們的錢是絕對不能拖，無論如何都不行。」

艾莉莎沒有開口質疑勞德的說明，而是又看向羅倫斯。

「如果是這座城裡的問題，他們雙方都認識，可以坐下來談。但如果供應商位在遙遠的城鎮，當然不會知道這裡有什麼問題，說出來也會先懷疑你是不是想騙他。就算相信了，市集城鎮到處都是，人在遠處的他們也可能考慮改跟其他城鎮作生意。為了維持他們的信任，除了付錢以外別無他法。」

艾莉莎靜靜地點頭問：

「那麼這裡的商人，就是被這種錢勒住了嗎？」

這問題讓勞德皺起眉頭，羅倫斯也難以回答。

「只吐氣不吸氣，怎麼會好受吶。」

赫蘿這句話頓時解開羅倫斯的疑惑。

錢只出不入，理論上城裡的人只會愈來愈窮。

「應該不是吧。來到這的商人不像是只看不買……」

這次換羅倫斯用視線詢問勞德了。這裡沒人比他更了解這座城的交易狀況。

「沒錯。就拿我們商行來說，要是葡萄酒的貨款都有付清，人家就會相信我們明年也會在這作生意，所以敢跟我們預定明年份的麥子再回故鄉去。明年他又會送葡萄酒來，領先前訂的麥子，續訂明年份的再回去。買賣就像呼吸一樣，會流動的。」

「可是這個流動，在今年不知為何停下來了，對吧？」

羅倫斯的探問，讓勞德重嘆一聲。

「在我們來看，原因倒是很明顯。」

他悻悻然地啐道：

「都是旅舍公會在搞鬼，他們要把買賣的水路堵起來。」

「旅舍公會？」

竟然不是同一路上的競爭對手，讓羅倫斯很意外。這時艾莉莎問：

「城裡謠傳的惡魔，就是在旅舍公會裡嗎？」

艾莉莎可謂天真的問題惹來勞德的不屑。

「受不了，你們僧侶動不動就說這種話。惡魔是吧……也對啦，的確是惡魔的行徑。他們跟我們買了一大堆葡萄酒，可是連一枚銅幣也沒付。明明每天都是滿房卻沒錢付給我們，到底在耍什麼花招？」

旅舍的盛況是一目了然。

「他們有說為什麼不付嗎？」

「就只會說沒錢付而已。去他的，他們旅舍公會從爺爺那代起就是出了名的小氣，敗壞我們薩羅尼亞商人的名聲。不知道有多少我們這樣的商行被他們搞得慘兮兮……」

他滿腔憤慨無處宣洩的語氣，充斥著多年積怨。

羅倫斯認為城裡的人們沒有調查混亂來源的原因就在這裡。正確來說，是想調查也做不到。

城裡依職種設立了許多公會，已經鬥了好幾代。像烘焙公會和肉品公會幾乎是場宿命之戰，甚至會寫成戲劇。牽涉名聲與實利的爭鬥愈演愈烈，爆出流血事件也不足為奇。

正因為他們打從出生就認識，又是從祖父輩就爭執不休，不太可能對彼此敞開心胸說明狀況。

然而，城裡金流堵塞會是因為勞德指名控訴旅舍公會這樣，來自於公會之間的互鬥嗎？

羅倫斯往這方面思考時，勞德靈機一動地說：

「對了對了，我有件事交給你們。」

轉頭一看，勞德上半身往辦公桌挺了過來。

「可以幫我去跟可惡的旅舍公會討債嗎？」

「咦？」

勞德當作沒注意到艾莉莎的疑惑，笑嘻嘻地迅速握住她的手。

「對，這就對了。你們是從城外叫那個瓦蘭的地方幫忙的僧侶吧？旅舍公會那些人啊，只要是跟我們有關的，就連狗尾巴都看不順眼。搞得什麼也沒辦法談，我們說什麼也不聽，不過換作你們說不定就不一樣了！」

赫蘿扭動一下，是因為他提到狗尾巴吧。

「用你們的權威把他們關進牢裡也沒關係！這樣也可以快點討到你們的錢，一石二鳥！對，就這麼辦！」

「咦！等一下，那個——」

「漢斯！寫一張字據給他們！要把他們屁股上的毛都拔得乾乾淨淨！」

就連艾莉莎也抵擋不了勞德的強推。那名喚作漢斯，像是幹部的男子很快就拿來一束羊皮紙塞給她。

艾莉莎沒把東西退回去，說不定是因為漢斯的死魚眼。要是那重擔又回到他身上，也許會把他壓垮。

「好，這樣瓦蘭主教區的事就搞定啦！啊啊，願神永遠榮耀！」

能在薩羅尼亞賣葡萄酒的勞德商行，果然很有一套。

艾莉莎被勞德硬塞字據，用好聽藉口掃地出門之後，仍是一副不敢置信的臉。

「沒想到汝也有被說倒的時候。」

對於經常被艾莉莎說倒的赫蘿而言，這實在是不可思議。連赫蘿都辯不贏的羅倫斯，則忍不住偷笑。

「簡直像老鼠嫁女兒一樣。」

「嗯？」

「很久很久以前，有個老鼠爸爸想給女兒找個厲害的丈夫。」

聽羅倫斯開始說故事，拿著羊皮紙頭痛的艾莉莎也抬起頭來。

「他問貓願不願意娶他女兒，而貓說屋子裡的男傭會打他屁股，男傭比較厲害。」

「嗯嗯。」

「男傭正好砍完柴在休息。老鼠父女問他願不願意當老鼠的女婿，他說老爺比他厲害得多了。於是老鼠又去找獵鹿回來的老爺，結果老爺大發雷霆，說他被老鼠煩都煩死了，開什麼玩笑！」

「喔喔。」

艾莉莎恢復常態，轉向聽得很高興的赫蘿說：

「最後老鼠父女回到巢裡，從老鼠裡面挑女婿了。我家孩子也很喜歡這個故事。」

赫蘿咯咯笑著探了探懷裡和腰間，才想到羽毛筆和紙都放在旅舍。

「晚點再跟咱說一次。」

羅倫斯聳聳肩，對能討赫蘿歡心感到很滿足。

「人類社會就如同一個圓環……這種話，由剛剛才被人牽著走的我來說，一點安慰效果也沒有吧。」

艾莉莎拿著勞德硬塞給她的羊皮紙，有些憤恨地說。

「只要妳把那些錢討回來，問題就解決啦。」

羅倫斯請艾莉莎讓他看看羊皮紙，上面有筆不小的金額。

「拿來付給我們的話，其實還差一點……話說他是當作錢這樣就付清了嗎？」

「這個嘛……要拿這來當貨幣，其實也是可以。問題就是這沒辦法像貨幣那樣隨手買點麥子或肉就是了。」

「那就沒意義了。」

艾莉莎望向遠處思索片刻。主教、村長和主祭他們在她周圍抱著胸，不知如何是好。

最後艾莉莎恢復平時的嚴肅眼神，說道：

「我要到教堂去一趟。羅倫斯先生，能麻煩你去收這筆錢嗎？如果能順利討回來，那是再好不過。」

「是沒關係啦……去教堂做什麼？」

嚴謹樸實又信仰虔誠的艾莉莎將羊皮紙交給羅倫斯，俏皮姑娘似的聳聳肩。

「勞德商行好像是真的籌不到錢……可是我還是覺得不太對勁。」

聖經裡求助的人，總是誠摯地下跪乞求。

絕不會趁對方一時緊張就塞張字據趕出去。

「我要去找那個囚犯和教堂的人問問這裡的事。」

看來勞德商行惹來了一個麻煩人物的懷疑。她不是想計較得失，純以原則為出發點。

「下決定之前，請務必和我這個商人談談。」

艾莉莎很快就解答她皺眉的原因。

「我才沒有異端審訊官那麼狂熱。」

她至少還知道若是奉教會之名勒令勞德商行的老闆還錢，一定會在城裡引起大騷動。

「知道了，那我先正面出擊。」

「拜託了。這座城的事，簡直就像一大幅錯視圖一樣。」

艾莉莎不敢領教地說。

羅倫斯抬頭看看手上的羊皮紙，為其沾染的灰塵味吊起嘴角。

一個人高馬大的瓦蘭主教區村民跟著他們。

是為了不讓羅倫斯帶著勞德塞過來的字據跑掉，跟來監視的吧。旅舍公會認識村長幾個的長相，所以找平常都只是幫忙搬貨物，很少來到薩羅尼亞的人做這件事。

「我要怎麼做？」

「這個嘛……就裝成保鏢好了。」

可能是都在村裡揮鋤頭搬乾草的緣故，他皮膚黝黑面目精悍，一副虎背熊腰的模樣，只要不說話就像是個剛退出家族傭兵團的老手。

「安靜站著就行了吧？下田我還行，打架就完全不懂了。」

「那樣就夠了，麻煩你裝得凶一點。」

聽羅倫斯這麼說，男子摸摸滿布鬍渣的下巴，哼聲回答。

前往旅舍公會的路上，赫蘿不時偷瞄尾隨的男子，還對羅倫斯耳語說：「他身上的麥子味好香。」

既然這樣她就開心了，以後生氣時就給她聞聞麥穗好了。羅倫斯如此盤算時，他們也來到了旅舍公會門口。

「現在他們跟汝是同行吶。」

薩羅尼亞旅舍公會的徽記是交叉的酒杯與餐刀，鐵製招牌就掛在門口。

「我現在假裝自己還是商人，紐希拉的溫泉旅館算是商行啦。」

「嗯？說得好像是不服老的老人一樣。」

羅倫斯聳肩抖落赫蘿的調侃，不過下一句話卻讓他稍微睜大眼睛。

「那麼，咱別跟著比較好唄？」

見羅倫斯不解地歪了頭，赫蘿立刻擺起臉色。

「大笨驢，汝忘了那次的事嗎？」

「那次？」

聽他反問，赫蘿表情更臭了。

「就是汝虧大錢，到處找人調頭寸那次。」

當時剛認識赫蘿沒多久，羅倫斯中了買賣武器的圈套，為籌措資金搞得火燒屁股。

他只顧著跑遍各大商店，希望盡可能多借一點錢，沒注意到自己帶著赫蘿。有人因此罵他帶著女人又管不好錢，簡直蠢到了家。

「當時被汝打掉右手的那種痛，咱可還沒忘記吶。」

羅倫斯是遷怒於赫蘿，說沒有她就好了。

赫蘿泛紅的琥珀色眼眸含恨抬望羅倫斯。

那是他們都盡可能不願想起的苦澀回憶。

「現在想起那時候的事，我還會冷汗直流呢。不過我已經不是當年的我了，沒關係的，等著瞧吧。」

赫蘿懷疑地打量羅倫斯，聳肩閉上嘴。

羅倫斯大口吸氣重整心態，推開旅舍公會的門。

一樓像是用來給會員開會吃飯，類似酒館的空間。

桌邊零星坐了幾個人，表情陰暗地喝著酒。

「我是旅行商人，名叫克拉福．羅倫斯，請問會長在嗎？」

羅倫斯自我介紹後，所有人都露出狐疑的臉，只見坐在最裡頭一個挺著大肚腩的人站起來。

「我就是會長，什麼事？」

「幸會幸會。」

羅倫斯很諂媚地低頭敬禮，清咳一聲說：

「抱歉打擾各位，勞德商行給了我這張字據。」

斜後方投來赫蘿懷疑的眼神，會館裡的氣氛也霎時緊繃。

但羅倫斯並不害怕，依然微笑著注視旅舍公會會長。

在一片鴉雀無聲中，最後是會長忍不住苦笑。

「小哥你也真糊塗，我看你是被那個老狐狸擺了一道吧？」

「是嗎？」

見羅倫斯泰然自若，會長收起笑容，顯得有點緊張。

「難聽的話我就不說了，你就趕快帶著那什麼字據回去吧，我才不管勞德商行跟你說了什麼。」

羅倫斯無視於赫蘿「故意把氣氛弄僵是想做什麼？」的視線，說道：

「哎呀，事情也真的就是這樣。」

「嗯嗯？」

「他們把這張字據硬塞給我，說得我都回不了嘴了。所以……我想跟你們求個藉口把它塞回去。」

羅倫斯卑屈的笑容讓會長眨了眨眼睛，然後對其他會員使眼色。

「搞什麼……原來是這樣？」

「是啊。我那些農產品的帳都賒到要臭掉了，所以直接上門去討，結果他們塞了這樣一張紙給我就把我趕出來。」

會長眼中雖仍有疑色，但他還是往羅倫斯附近的會員抬抬下巴，會員便起來搶也似的抽走他手裡的羊皮紙。

「……的確是勞德商行的字據。那個貪心的老頭子，玩這種下三濫的手段。」

會員一邊唾罵，一邊粗暴地將字據塞回羅倫斯胸口。

守在後面裝保鏢的村人動了一下，身旁赫蘿也咬牙切齒，但羅倫斯不會為這種小事生氣。

「所以，可以幫個忙嗎？告訴我旅舍公會不給錢的理由就好了。」

天下沒有不在乎自己無法信守承諾的商人，一個外地人跑來人家根據地責怪他們無能還錢，不被轟出去才怪。

但或許是羅倫斯過於堂而皇之地正面進攻吧。

有義務保護公會名聲與利益的會長手扶桌面大聲嘆息，說道：

「告訴你原因以後，你就會把那張還給勞德公會吧？」

「也要看是什麼原因。」

幾個會員立刻豎起眉毛，還有人站了起來。會長伸手制止。

「別這樣，沒看到人家帶女人來嗎，表示他也知道道理在我們這邊。是吧？」

見羅倫斯默默微笑，會長刷刷刷地搔了搔頭。赫蘿像是不習慣這種場面，愣著不知所措。

以前因為把赫蘿帶在身邊就被罵不正經，現在這不正經反而幫了忙。

「別說勞德商行，我們對其他商行都是這樣說的……根本就沒錢能給。」

「可以讓我看看證據嗎？」

「喂！你別太過分！」幾個人開始罵人，而會長扭了扭嘴唇，走到帳台拿出一疊厚厚的紙。

「我們公會是先在內部整理訂單以後，再以公會名義一次下訂的，這你懂吧？」

「我也是走過各大城市的人，自然是懂的。」

若沒有一個組織管理訂單，可能會有某家旅舍壟斷酒食等營業必需品。端不出葡萄酒、麵包和肉的旅舍，床再精緻也不會有客人上門。為了消除這方面的爭端，訂單由公會統一處理。而且以公會名義下訂，也能對貨源施加足夠壓力。

「要給勞德商行的錢……就寫在這裡，跟你那張字據一樣。」

「是的。」

「然後……欠錢的旅舍名單都在這。」

「會、會長！」

幾個人不禁出聲。紙上有一大排旅舍的名稱，數字寫得密密麻麻。全都是向公會下了訂，卻遲遲不交錢的旅舍。

「如果一時丟臉可以多寬限幾天，那就丟吧。還是說，你們想看這位商人拿字據跑去教堂告狀？」

勞德也是在薩羅尼亞作生意的商行，但羅倫斯就顯然是外地人了。旅舍公會和勞德商行從祖父代就有往來，即使再怎麼吵都是同一座城的人，絕不會跨過底線。

然而外地人就很可能不顧先後，利用所有找得到的權勢。

基於這個道理，會長很有可能將死對頭勞德所不能見到的公會之恥拿給一個外地人看。

「……這筆帳還真不小。可以請教一下這些旅舍為什麼不付錢嗎？就我看來，每間旅舍都擠滿了人耶？」

會長碰一聲闔上帳簿，不耐地說：

「你是旅行商人是吧？只管住的你可能不知道，開旅舍也是很辛苦的。」

羅倫斯不能說自己在紐希拉經營溫泉旅館，只能乖乖點頭。

「像這樣的城鎮，住客幾乎都是那幾個商人。有的是來結清前一期的貨，有的是為了批發長期留宿，有的是經常找人吃飯打聽消息。也就是說，他們都是安定維持住房數字的貴客，但也因此特別麻煩。」

「因為都是後付嗎？」

會長高高聳肩。

「就是說啊。吃了那麼多東西，全都是賒帳。如果讓他們賒到底，根本經營不下去，所以習慣上會在每期中間那天結算一次。」

聽到這裡，羅倫斯也知道他接下來要說什麼了。

「這筆錢卡住了？」

「對。今年遲交的人特別多，而他們付不了錢的理由是……」

「因為其他人該給的錢還沒給……是吧？」

會長點頭後，幾個會員——即各旅舍老闆們往羅倫斯聚集。

扮演保鏢的村人像正牌保鏢似的戒備，赫蘿也從咽喉發出低吼。不過他們圍繞羅倫斯不是為了動粗，而是訴苦。

「我們也想付錢啊。讓勞德老頭那些商會的人當孫子一樣罵，實在丟臉丟到家了！可是今年哀求我們寬限幾天的人特別多，我們也很為難啊！」

「對啊對啊，尤其是今年，賣木材那些人特別過分，說什麼不管怎麼賣，買家就是不付錢，要我們多等等。明明木材漲價讓他們大賺了一票，裝什麼可憐啊！」

羅倫斯知道近來木材飆漲，而這或許也是那座魔山能賣出高價的原因之一。

「其實他們只是特別顯眼而已，算來幾乎每個商人都在求我們寬限。他們不只是明年後年，甚至徒弟輩都會來我們這住，求了我們也只好等。可是他們一樣照吃照喝，我們為了生存就只能硬著頭皮進貨。老實說，我們要給麵包店和肉舖的錢也還沒付，可是就只有不了解實情的勞德商行那些王八蛋，把我們說得像惡魔的窠巢一樣。」
在場所有人都大力贊同。
羅倫斯往赫蘿瞥一眼，只見她沒趣地聳聳肩。看來那些並不是他們為了脫罪而胡編亂造。
「這下我深深明白各位的苦處了。」
說完，羅倫斯將勞德商行的字據收進懷裡。
「再說會長對我這麼坦白，我怎麼還能討下去呢。」
讓外人看帳簿，是一件值得敬重的事，況且羅倫斯上門之前應該也有很多人來討過債，藉口都說到煩了吧。
「哪裡，很高興你願意體諒。」
會長伸出手，羅倫斯緊緊握住。見狀，其他會員也像是吐完滿腹苦水暢快許多，也來跟他握手。還有人說如果付現，請一定要去他們那住，令人不禁苦笑。他們並不是無賴或惡棍，就只是見到還債有困難的人會發發慈悲，自己還不了錢時會感到虧欠的普通城鎮居民罷了。
走出懸掛酒杯與餐刀招牌的屋簷後，羅倫斯輕聲嘆息。
「所以現在怎麼辦？」
羅倫斯沒回答赫蘿，往村人看。
「請問你知道『乾草與鐮刀』這間旅舍在哪裡嗎？」

村人愣了一下，回答：「那是薩羅尼亞最大間的旅舍。」

「麻煩你帶個路。帳簿上說這間欠最多錢。」

赫蘿和村人都有些訝異。

「汝要去查他們有沒有說謊嗎？」

語氣有點錯愕又有點生氣，是因為不敢相信自己的耳朵吧。旅舍公會的人並沒有說謊，真的就是客人賒太多帳，導致店家無法支付貨款給商行。

「不是去看有沒有說謊，而是去看事實的內容。」

「嗯？唔？」

羅倫斯拍拍一臉狐疑的赫蘿的肩，請村人帶路。

交易的線會把所有東西串在一起。

只要順著線走，應該就能找出一切的元凶。都走到中途了，當然要繼續看下去。

「我們就來看看到底有沒有惡魔吧。」

元凶就是某個死不付錢的小氣鬼。羅倫斯一行穿過熱鬧的街來到「乾草與鐮刀」，找裡面的商人問話。前兩個撲了空，第三個才是羅倫斯要找的。

「……真的？你們真的不是替教會做事的？」

這位戒心大發的是木材商人。羅倫斯以德堡商行買下了附近的山，想調查木價為由與他對話。他也不愧是木材商人，馬上就猜到是瓦蘭主教區的山，接著聯想到的是遭教會以欠債之罪送入牢房的可憐商人。

羅倫斯微笑著說：「我向神發誓。」繼續問話。

木材商人和旅舍公會及勞德商行一樣，氣惱地不停抱怨客戶不給錢。

說是他的木材都賣給木材商行了，但對方沒有老實付錢。還建議若不想觸怒德堡商行，最好不要把木材賣給這座城的商行。

在這所旅舍下榻的其他商人也跟他差不多。羊毛商人、油品商人和專門買賣燻鯡魚的商人，都為了現金發愁。

羅倫斯道過謝，請他喝一杯葡萄酒。

赫蘿和村人沒問再來去哪。

「這邊。」村人已經有所領會，直接帶路到經銷木材的商行。

在又高又闊，瀰漫木材香的卸貨區裡，他們又聽了一連串怨言。

「都是木匠！全都是因為他們太懶惰害的！他們把能買的材料都買下來，什麼製品也不做就等著漲價！也不想想他們困難的時候還有到現在我們先賒了多少原料給他們！一群忘恩負義的東西！話說你又是站在哪一邊的？嗯嗯？」

商行的人逼上來時村人替他解圍，三人落荒而逃。

「再來要找木匠了。」

赫蘿已經一副受不了的樣子，但羅倫斯當然不會在這停下。

不過工匠的脾氣和先前那些商人很不一樣，所以來到木匠公會門前時，他先請赫蘿閃遠一點。

「混帳東西！我們的師傅怎麼可能做那種事！欠揍啊你！」

一身橫肉的火爆工匠逼上來，揪住羅倫斯的領子壓在牆上。跟監的村人雖想幫忙，但對方人多勢眾。

「我們的師傅交的都是一流貨色！要是你想幫那些死不付錢的人說話，看我怎麼教訓你！」

羅倫斯被推來推去又大聲威脅以後才總算獲釋，回到赫蘿身邊。遇上了什麼事是一目了然，赫蘿氣得用看嫌疑犯的眼神對著會館直咬牙，但那已經算是和平收場了吧。羅倫斯輕拍赫蘿雙肩要她冷靜，對她笑了笑。

「師傅他們是真的被錢的事弄到很煩。而且看看旁邊的工坊街就知道了，有師傅在唱歌，還有敲木頭的聲音，並不是懶惰不做事。」

「或許是這樣啦……」

在拉整衣物的羅倫斯面前，赫蘿嘔氣地說。

「話說回來，到底誰才是壞人啊？」

看似木訥的村人也不耐地問。

交易的連鎖無窮無盡。

如果下次要去的是刀劍工匠公會，搞不好會被削掉一隻耳朵。

「至少，木匠這邊也是因為有人欠錢不還。」

村人嘆口氣，死心地搔搔頭。赫蘿似乎不喜歡見到羅倫斯到處捱罵，表情很不高興。

不過羅倫斯對自己的想法已經是十拿九穩。

每個人都完成了自己的工作，卻得不到報酬。交易是由一長串連鎖所構成，肯定有一個吝嗇鬼帶頭不付帳，才會導致每個人都收不到錢。

然而商業世界雖然感覺上無限寬廣，其實不然。

經驗與知識，正在對羅倫斯的靈魂低語。

正確道路帶他來到的岔路口就在眼前。

儘管最終輪廓依然模糊，但他相信答案肯定就在那裡。

因為他是曾經走遍世界的旅行商人。

「……汝啊？」

赫蘿對站著不動的羅倫斯不安地問。

她泛紅的琥珀色眼眸，是可以好勝怯懦，也可以惶恐溫柔，變換自如的狼眼。

有如葡萄酒的色澤，給了羅倫斯天啟。

「喔，是那裡嗎。應該是吧。」

商業就像是一整條的線。

無論大大小小的城鎮，還是看似縱橫無阻的交易網，實際上都有淺顯易懂的聯繫。

「我們這趟溯源之旅，會在下一站結束。」

村人和赫蘿都露出懷疑羅倫斯是不是曬昏頭的臉。

可是羅倫斯心裡的肯定已十分強烈。

線索，是關於某樣東西的記憶。在城鎮裡，赫蘿經常把這東西帶著走。

「下一站嘛……」

羅倫斯在村人耳畔說出目的地，請他帶路。

在那裡，羅倫斯沒問誰是壞人，只是確定性地問：「壞人就是他了吧？」來到那棟樓房前時，赫蘿和村人也察覺到了答案。

赫蘿大衣下的尾巴，還顯然是氣得漲大。

木匠公會後的下一站，需要用到各種木製品中最為重要，需求量最高的商品——酒桶。

也就是釀造公會，而需要用酒桶裝的，當然就是酒了。

如果釀造公會付不出酒桶的錢，會是誰的錯呢？

就是賣酒的商行了。

「那個死賊禿，竟然敢耍咱們。」

赫蘿站在勞德商行門前，紅眼睛都發亮了。來跟監的村人，就像見了一場曠世表演般感嘆地搔著頭。

所有商人都因為收不到錢而頭痛，而順著交易尋找源頭，居然回到了起點。

那麼誰是壞人，已經很明顯了。

老鼠父女到處找女婿，最後還是找回了自己的巢裡。

「我也是很想這樣說啦，但真的是這樣嗎？」

羅倫斯特地賣個關子，赫蘿立刻擺出不敢相信的臉。

「汝在說什麼啊？不是追著狐狸的腳印，揪住尾巴了嗎？」

村人也點了頭。他們的腦袋裡，說不定已經上映著羅倫斯衝進商行裡大喊：「我已經識破你的詭計了！」把勞德繩之以法的畫面。

然而事情沒那麼簡單。

「會把勞德商行當壞人，是因為我們從這裡出發。如果我們是木材商人，罵的是木匠公會，妳會怎麼想？」

「唔、嗯……」

赫蘿是想像了今天走訪過的每個地方，最後又回到了原處吧。

交易有如圓環，看不出哪裡是起點。

「為、為什麼……這是怎麼回事？」

「就像咬住尾巴的蛇一樣。」

村人的比喻很確切。

「那、那現在該怎麼辦？繼續聽那個禿子的鬼話嗎？」

赫蘿已經完全站在艾莉莎那邊了。

再說，這不是拿出證據指著勞德鼻子罵就能解決的事。

「這個嘛，以一個普通的前旅行商人來說，實在是不容易擺平。」

狀況把握住了。

但缺少有效手段。

至少對前旅行商人是如此。

羅倫斯垂下肩膀進一步表示無力感，但腦袋裡已有對策。

因為前旅行商人經過一段不長不短的旅程與許許多多的冒險，攢來了難得的財富。只要利用它，就能逆轉這幅不可思議的樓梯圖，解開死結。

就在羅倫斯準備揭曉謎底，轉向赫蘿時——

他僵住了。

因為赫蘿茫然自失地站在那，眼淚撲撲簌簌地掉。

「啊？咦？」

她也不動手擦，就只是幾乎面無表情地睜著眼，任淚珠一顆一顆掉，只有稍微咬住的嘴唇透露出情緒。那對漂亮的朱唇，被她懊惱地齧咬著。

「喂喂喂，赫蘿？」

羅倫斯倉皇摟住她的肩，而赫蘿仍舊哭個不停。

村人也慌張地左右張望，最後指著勞德商行邊的窄巷，要羅倫斯過去。

羅倫斯以眼神道謝，抱起赫蘿躲進沒人的安靜窄巷。

「喂，說話嘛，妳怎麼啦？」

想找個木箱給赫蘿坐，但赫蘿直搖頭。

不知所措的羅倫斯無奈之下，只能做自己能做的事。

也就是慢慢抱住她，避免驚嚇。

瑟縮哭泣的赫蘿，感覺小得嚇人。

「……對不起。」

赫蘿在羅倫斯懷裡說。

「呃……沒必要道歉吧——」

「不對……」

她搖搖頭，強推羅倫斯的胸口退開。

那不是抗拒羅倫斯。

羅倫斯曉得她是自責才那麼做。

「不對……」

她抽泣幾聲後又大哭著這麼說。羅倫斯完全不懂赫蘿在哭什麼，不知從何哄起。然而他牽了這麼多年赫蘿的手，與她經歷過許許多多的事，只要看看她的臉，即使說不出個所以然，感情上也會知道怎麼做。

赫蘿和女兒繆里不同，曾經孤獨了很長一段時間，有時會走不出憂鬱的黑暗，折磨自己。而羅倫斯很清楚這時候該做什麼。

他以稍嫌過剩的力道抱抱赫蘿，抓住肩膀盯著她的眼問：

「可以跟我說了嗎？」

那雙淚濕的紅眼睛像個嬰孩一樣。如此脆弱的一面，她只肯讓羅倫斯看見。赫蘿慢慢點頭，隨羅倫斯的帶領坐在木箱上說：

「咱……嗚嗚，不是去……找兔子嗎？」

兔子是指希爾德吧，這意外的字眼讓羅倫斯很錯愕。

「希爾德先生？妳是說……前幾天到德堡商行去的時候？」

赫蘿點點頭，眼淚又滴在腿上。

「他們……好厲害。那間商行……好大好大。」

德堡商行幾乎掌控了整個北方地區，他們還有自己的貨幣。在因地形問題而沒有大國的北方地區，他們可說是實質上的統治者。即使如今總行變得像城堡一樣大，羅倫斯也不意外。

「那裡什麼都有……金幣真的像山一樣多……兔子聽了咱的話以後，馬上就找來一群聰明的人，一下就做好決定了。」

那裡肯定是人才濟濟，而且每個人都很忙碌，不會在一個案子上花太多時間。然而這麼說來，赫蘿不應該花上四天才對。

真的是喝酒吃肉到忘了時間嗎？

「咱當時人都傻了……那隻松鼠那麼寶貝地照顧出來的那麼大的山，他們一下子就決定好了。真的就只是一下子的事。那隻松鼠大笨驢是打從心底在疼愛那麼大、那麼好的山，結果兔子用幾次眨眼的工夫就決定買下來……」

羅倫斯不難想像德堡商行給赫蘿造成了多大的震撼。像希爾德那樣的大商人，每天都在經手比他性命更貴重的金幣，就連通曉商道的羅倫斯都覺得他是另一個世界的人了，赫蘿的震撼一定更誇張。

但震撼就震撼，有需要哭成這樣嗎？而且怎麼在這時候哭呢？在羅倫斯百思不解時，赫蘿彷彿在黑暗中摸索依附般抓起他的手。

然後用力握住。

「汝……汝也能在那裡面的。」

「……咦？」

羅倫斯意外地問，只見赫蘿抬起頭來，用充滿後悔的表情看著他。

「兔子不是邀請過汝進他們商行嗎？」

明白了赫蘿眼眸深處藏了什麼，讓羅倫斯的嘴張成「啊」的口形。

德堡商行陷入分裂危機時，羅倫斯曾幫助希爾德的陣營奪回權力。當時希爾德邀請他加入即將浴火重生的德堡商行，但他婉謝了。

放開了商人連作夢都不敢想的成功機會。

「啊……」

羅倫斯發出像突然被雨滴到的聲音，望向天空。

赫蘿的意思，是羅倫斯說不定也能是握著羽毛筆，嗯地點個頭便決定是否為松鼠譚雅買山的人。

他不禁想起艾莉莎訓斥祭司他們時的話。

將損益置於天平之上而選擇利益，是為了什麼？

當時就是這個答案，讓羅倫斯捨棄黃金之路，走進滿地落葉的森林。

為了森林的芬芳，為了裡頭孤單的狼。

「那時……咱發現是咱堵住了汝的路。汝明明可以……可以在那麼厲害，那麼多買賣的地方領導好多好多人，可是咱卻……」

見到漸緩的淚水又開始氾濫，羅倫斯在她臉頰上吻了一下。

「眼淚好鹹喔。」

他笑著說：

「要是我變成德堡商行的大人物，現在妳的眼淚就是酒味了吧。」

錢是無限，但時間不是。假使羅倫斯真的進入德堡商行這樣的地方，就像跟一千隻啄木鳥同住一樣，肯定沒有一日好眠。

不可能閒來無事望著爐火，抱著腿上的赫蘿發呆。更不可能用森林色彩的變化品味四季的更迭，過著春天摘野菜，夏天採菇蕈，秋天撿樹果的日子。

或許德堡商行晚餐的長桌上總會擺滿山珍海味，但也只有頭幾天會開心而已。

但有赫蘿的生活即使是日復一日，也絕不會膩。

羅倫斯對自己的選擇沒有一絲絲後悔，所以起初很難了解赫蘿為何會在德堡商行耗上四天，卻在剛才情緒潰堤。

而現在，他連為何自己為那張鉅額匯票而興奮得像孩子一樣，卻惹得赫蘿不高興也明白了。這件事，與羅倫斯見過勞德商行與這城鎮的奇異構圖之後，說出「普通的前旅行商人不容易擺平」相關。

那句話讓赫蘿感到，羅倫斯無論什麼問題都能迎刃而解，有成為大商人的資質，自己卻葬送了這個機會。

「賢狼這個外號，是不是要撤銷啦？」

羅倫斯抱著赫蘿的頭苦笑，赫蘿的指甲掐進他的手。

「不知道我有多幸福，還叫什麼賢狼啊。」

赫蘿身體一僵，又要大哭似的吸氣。

羅倫斯用力搔搔赫蘿的頭，用自己的額頭碰觸她的額頭說：

「話說，妳不想知道我剛才要說什麼嗎？」

「……？」

赫蘿注視羅倫斯。

像個被單獨留在麥田裡的孩子般注視。

「一個普通的前旅行商人是擺平不了啦，可是我有冒險得來的財富啊。」

他吊高唇角，不是因為逞強。

他腦袋裡有個迫不及待想完成的計畫。

「和妳一起經歷的冒險到最後，我依然有妳，妳依然有我。等等我要做的，是因為牽起了妳的手才做得到的事。」

羅倫斯打直膝蓋，站在赫蘿面前。

「而且作生意這種事，不是規模愈大就愈有趣。」

見到他的手伸來，赫蘿稍稍猶豫之後握住。

「我就讓妳看看商人的魔法吧。可以儘管崇拜我喔。」

羅倫斯還調皮地在赫蘿臉上戳了戳，終於逗出一個醜醜的笑。

「……大笨驢。」

羅倫斯跟著笑，牽著赫蘿的手往外走，找到識相地遠遠等著的村人，說明接下來的步驟。

請他將主教、村長等有權決定主教區財產的人都找來教堂。

村人不懂他的用意，但羅倫斯總歸是揭曉城中交易之謎的人，還是照著他的話去做了。

然後，羅倫斯牽著赫蘿的手往城中心走去。

那裡有座雄偉的教堂，和他們的舊識艾莉莎。

羅倫斯所認識的最強女祭司。

「……能請教一下你們感情這麼好的祕訣嗎？」

兩人在教堂裡找來艾莉莎，她難得開了個這樣的玩笑。

大概是他們的手握得實在太緊，讓她忍不住這麼說吧。

「因為有妳來參加我們的婚禮呀。」

艾莉莎受不了地乾笑，問他們來意。

接著她邊聽表情邊逐漸變化，並拿起與聖經擺在一起的教會法典。這段時間，她似乎和薩羅尼亞的主教討論過很多教會能如何利用其權威替這座城紓困的事。

這時，又加入了羅倫斯的商業知識與經驗。

聽完羅倫斯的計畫後，艾莉莎說了一句很中肯的話。

「……道理我懂，可是真的會順利嗎？」

艾莉莎是替主教問的吧。他以為能幫助城中經濟而逮捕商人，結果狀況愈來愈亂。

但羅倫斯握有絕對的自信。

有艾莉莎協助，肯定能解決這件事。

「請相信我。這座城缺的，就只是它而已。」

晚一步到場的瓦蘭主教區人馬也很茫然。

然而繼續坐視不管，事情無論如何都不可能好轉。

於是艾莉莎做出決定。

「就相信你吧。」

羅倫斯想與她握手，但臨時想起手被赫蘿抓著不放。

雖想放開，赫蘿卻把臉別向一邊，說什麼也不放。

「又不會被我搶走。」

艾莉莎不敢領教地笑，讓赫蘿的唇噘得更尖了。

「那我們走吧。」

為了紓解纏在一起的線。

羅倫斯一行魚貫離開教堂。

秋天的天空是那麼地清爽。

順著交易的路程走了一圈，發現每個人都為收不到錢所苦。

看似每個人都有錯，但錯也不在他們。

「所以，這裡面沒有誰最壞最過分。請相信我，我一定會消除勞德商行的債務，而且瓦蘭主教區的財產一枚銅幣也不會少。」

無論艾莉莎怎麼說，賣山給德堡商行所得的錢是瓦蘭主教區的財產，利用它自然需要主教區居民的決定，而他們當然不太情願。

畢竟羅倫斯的辦法，是替勞德商行還債。

「話雖這麼說……」

羅倫斯的話有違常理。用賣山的錢替勞德還錢，竟然還誇口能一文不少地拿回來。但最後他們還是屈服了。多半是因為艾莉莎的無限訓話和本來就與勞德有約吧。

「這個恩我一定報。」

以後雙方還要長期往來呢。

「那我們走了。」

羅倫斯就此率領艾莉莎、薩羅尼亞主教和助威用的十餘人，浩浩蕩蕩前往釀造公會。在公會將酒賣給勞德商行卻拿不到錢，苦無辦法時，羅倫斯在他們面前亮出了德堡商行的匯票。

「我要用這張匯票替勞德商行付錢。」

匯票上德堡商行的金字招牌以及那龐大的金額，看得釀造公會會長目瞪口呆。

而且連教會的人都上門，他們還以為輪到自己要坐牢，然而對方卻是要替別人付錢，他們當然搞不懂狀況。

「要、要付錢，那個，是很好啦，可是……」

這到底在搞什麼名堂？

羅倫斯笑咪咪地說：

「把匯票交給你們之前，我只有一個條件。那就是你要拿我們代付的金額，拿去還其中一筆你們欠的債。」

會長又傻了。但若能拿回呆帳，用那筆錢減輕自己的債務也不壞。更別說那是他們領錢的條件，眼前又有個如聖職人員般準備說教的艾莉莎，之前將商人關進牢裡的主教也在呢。

根本沒有拒絕的餘地。

「我、我知道了……」

羅倫斯對這答覆點點頭，請懂得算數與教條的艾莉莎辦手續，留一個人下來看住匯票後，一行人前往下一站。釀造公會也有幾個人想看看這樁破天荒怪事會有什麼結果，加入隊伍中。

在接著來到的木匠公會裡，就連那些凶悍的木匠也被羅倫斯一行的陣仗與提議內容嚇得一愣一愣，一臉迷糊地同意了。他們收下釀造公會付的酒桶錢之後，一樣要拿這筆錢付給債主。

接著木匠公會也有幾人跟著他們來到「乾草與鐮刀」旅舍。先前那個木材商人還以為逃不過坐牢而陷入絕望，羅倫斯便先安撫他的情緒，再請他找同伴過來。將該收的帳加總起來並一次付清，再整理他們所欠的債，到下一個地點還清。前往下一站的路上，木材商人們當然也陸續跟

來。

在旅舍公會，會長用好比白晝見到龍的表情迎接他們。他也同意向木材商人收帳的條件，答應付錢給勞德商行。

離開時，當然也跟了幾個旅舍公會的人。

這支人數膨脹許多的隊伍來到勞德商行時，勞德本人與其部下還在屋簷下不安地等著。見到羅倫斯帶著大批城裡的人回來，他差點跳起來。

「結果怎麼樣了？」

艾莉莎一展示旅舍公會的還債用的匯票，勞德竟激動得用力擁抱她。

等到他們帶著勞德重返釀造公會時，整個圈就圓滿了。

「……噢，神啊……」

釀造公會會長彷彿目睹奇蹟般低語。

勞德收到旅舍公會的帳以後，也拿著這筆錢來到了釀造公會。

他將欠款如數交給釀造公會會長後，羅倫斯也取回了押在這裡的德堡商行匯票。如此一來，勞德商行的債款就付清了。

而羅倫斯手上一枚銅幣也沒多，也沒有少。

就只有好幾個商行和公會的債款不見了。

這樣的結果，使沉默瀰漫在眾人之間。

最先開口的是羅倫斯。

「如各位所見，最後金幣沒多也沒少，全都是從這張匯票開始，用筆墨來付帳——」

羅倫斯環視在場所有人，說道：

「在神的保佑下，各位欠的債消失得乾乾淨淨了！」

緊接著是震耳的歡呼聲，腳踏得會館都搖起來了。每個人臉上都充滿驚喜，不管是主教還是艾莉莎都被他們扛在肩上，讚頌神的偉大。如此歡騰中，就只有赫蘿一個靜靜待在一邊。

不過她不是因為孤單而開心不起來，就只是一隻被狐狸捉弄而懵了的狼。

「怎麼樣，這就是商人的魔法。」

赫蘿赫然回神，在霧裡尋找獵物般瞇眼。

「……實在是莫名其妙……」

羅倫斯聳聳肩，想了想後這麼說：

「就當這是個十字路口吧。」

「……唔？」

「四條路都有好幾輛貨車駛來，他們都在趕路，沒有看清楚周圍路況。」

赫蘿眨了眨眼，抬抬下巴要他說下去。

「其實畫成圖就一目了然了。馬車就這麼走到路口，全都因為前方的馬車堵住了路而不能前進。而且轉頭一看，還有別人在嫌自己的車擋路。」

「嗯。」

「如果還有更多馬車和旅人擠到這個路口來，大家都不用走了。」

「……這座城就是這種情況嗎？」

羅倫斯點點頭。

「其實還是有辦法的。只要大家稍微後退，製造一點空隙出來，再利用這個空隙挪出更大的空隙，鬆開這個死結就行了。可是人只要扯到錢就很難相信別人，狀況又像這個路口一樣亂，根本看不清。就算自己相信別人而還清債務，也只會認為這筆錢會被某人拿去付錢，消失在空氣裡。」

所以不願還債，只想著讓別人替他還。

「得有某個人願意從能看清整個路口的旅舍窗口，指揮這台車去那，那台車去這，才能消解這團混亂。而在商場上能擔任這個任務的……」

羅倫斯捏捏赫蘿的小鼻子。

「就只有靠腳賺錢，知道世界廣大與複雜的旅行商人啦。」

赫蘿沒有撥開鼻子上的手，就只是盯著他。

「怎樣，妳還想說我是因為妳才淪落成一個鬼地方的溫泉旅館老闆嗎？」

羅倫斯放開手前又捏一把，說：

「我是自願待在這間溫泉旅館裡討妳歡心的。只要我想，隨時都用得了魔法。」

赫蘿眯起眼，嘴唇抖得像是快哭了一樣。

但是出來的不是淚水，而是受不了的笑。

「大笨驢。」

羅倫斯無奈地聳聳肩，用手指擦去淺淺滲出赫蘿眼角的淚。

看著赫蘿開心地讓他擦，心裡想的是被艾莉莎看見又要被糗了。

雖然算不上說人人到，但艾莉莎果真開口了，她喊著：

「啊，羅倫斯先生，快跟我來！」

「咦？」

人們似乎太熱情，艾莉莎紮緊的頭髮都散了，只見她臉頰泛紅，手裡握著一疊字據。

「城裡還有很多這樣欠債的循環！好多人來陳情說想用這個方法解決問題！快點快點！」

艾莉莎抓起羅倫斯的手就走，這次赫蘿沒有拉住他。

「怎麼，不拉住我啊？」

羅倫斯故意這麼問，赫蘿愉快地聳肩。

「沒這個必要。」

赫蘿踏起狼的輕盈腳步，來到羅倫斯身旁。

「咱會一直在汝身邊。」

自從邂逅那一刻，兩人就是這樣。

今後也會永遠如此。

羅倫斯笑了，赫蘿也笑了。

或許從天國看來，薩羅尼亞這場大騷動只是微不足道的小事。

但寶物就在羅倫斯懷裡。

「赫蘿。」

他呼喚赫蘿的名字，赫蘿眨眨眼。

有點怕寂寞的狼，開心地瞇眼而笑。

兩匹狼的婚禮

小時候，我立志研讀神學而離開出生的村莊。沒錢也沒人脈還大膽來到大學城市，作一個居無定所的流浪學生。有勇無謀到了極點，果不其然觸礁了。但就在這個時候，我在神的引導下認識了堪稱人生導師的人，造就今天的我。

這段時間，我始終努力工作，也自認沒有怠忽學業。

當然，儘管還有很多缺失，我仍確切感受到自己的進步。

所以兩個月前，我即使沒有做好十成十的準備，也毅然決定離開溫泉鄉紐希拉，再度踏上遠遊之旅。

雖然教會的種種問題造成社會混亂，旅程也很快就遇上風風雨雨，我仍在神的庇護下平安克服困難，人們也給了我意想不到的讚譽。最近這幾天，我為愈來愈誇張的名聲感到很為難，承受不起的同時，我瘦弱的肩也慢慢扛起了背負這名聲的責任。

必須在信仰之路上繼續潛心修行，自我砥礪，才對得起人們的期望。

我名叫托特．寇爾。

走在神的道路上的羔羊，但是……

「唔唔……」

胸口的壓迫感使我醒來。

還以為要考驗我信仰的惡魔出現了，要拿我多年來的修為迎戰而微微睜眼。探入窗口的薄薄曙光所照出的入侵者輪廓，就近在眼前。

隨後，我放鬆了肩。

就某方面而言，那說不定真是想迷惑神的羔羊的惡魔。因為趴在我胸口酣睡的，是一個年輕少女。

雖然她體格纖瘦腳又長，愉快時的步伐輕盈得像顆蓬鬆毛球，然而壓在身上時再不情願也會感到她的成長。如果她是個牙牙學語的幼兒還能說可愛，但是長這麼大了還做這種事，只會讓人覺得「沉重」。

無論告誡過多少次，她都全當耳邊風，照樣動不動就半夜鑽到我被子底下。看著她的睡臉，我不禁用鼻子嘆息。

繆里是我大恩人羅倫斯和賢狼赫蘿的獨生女，我從她出生就在照顧，跟妹妹沒兩樣。這個野丫頭經常嚷嚷著想離開出生的村落，看看外面的世界，擅自跟我來旅行。

她傳自父親，色澤奇異的銀色瀏海輕輕晃蕩，下垂的長長睫毛微微顫動。嘴裡不知在念些什麼，睡貓翻身似的蜷動，把頭縮進被子底下。

那純真的睡相令我不禁微笑之後，我注意到鼻子很癢。

繆里的頭蓋在被子下，頭頂自然在我鼻頭前。她很為那頭長髮自豪，一天也不會忘記保養，有種與香油不同的甜香。

可是鼻子癢與香氣無關，也不是受到飄逸髮絲的搔弄。

而是因為她頭上那對三角形大狼耳。

繆里是繼承了狼血的女孩，有漂亮的狼耳和狼尾，有時我會因為她的耳尖鑽到鼻孔裡而醒來。看著狼耳隨鼻息舒服地抽動，我忍不住吞吞口水。

不是因為可愛少女、可愛的狼耳和她疏於防備的睡姿讓我胡思亂想，就只是為了在壞預感讓我叫出聲之前拚命忍住而已。

「不會吧。」

被子一掀，胸膛上的繆里就冷得縮身。狼尾隨後不悅地搖動，看起來比平時還蓬鬆，在探入窗口的朝陽下閃閃發亮。

更正，發亮的是尾巴抖出來，到處亂飄的毛才對。

「……我的天啊。」

我將半抬的頭放回枕頭上，無力地望著天花板。繆里掉的毛在朝陽中飛舞，那摻灰的銀色使它更像雪片。說美是很美，但凡事都是一體兩面。

「繆里、繆里。」

繆里還在傻呼呼地蠕動，尋找掀掉的被子。我抓住她的肩搖一搖，可是貪睡的她蓋住耳朵嫌吵，還用尾巴打我的手，甩出更多銀毛。

「繆里！」

「唔唔……大哥哥，還早啦……」

而我對終於抓到被子，想蓋回去的繆里說：

「馬上把妳掉的毛掃乾淨！」

繆里是繼承了狼血的女孩。今年的換毛期好像又到了，但這裡不是她紐希拉的家。我們在旅行當中，這天借住的是某貴族宅邸一室。

絕對不能讓人知道繆里是狼。

「……呼咦？」

繆里帶著睡眼抬起頭來，鼻子吸進毛似的打了個噴嚏。

地板和桌面擦擦就行，但沾在被子等處布料上的毛就只能拍掉或捏掉了。客人抱著被子到井邊踩很怪，要這麼做也得編個理由。請繆里為洗被子演個戲時，她滿臉通紅地吊眼瞪來。

「人家是大人了，才不會那樣咧！」

這麼愛撒嬌還敢說自己是大人，一點說服力也沒有。但是看她這麼排斥，尿床這個理由就用不了了。

所以我現在和繆里一起坐在窗邊做手工。

「唉……都完全忘了會有這種時期……羅倫斯先生在溫泉旅館也很辛苦吧……」

繆里的母親賢狼赫蘿和她不同，不能隱藏耳朵尾巴。

為了避免溫泉旅館在這時期到處都是毛，赫蘿應該都是躲在房間裡。

不過溫泉旅館總歸是自己家，晚上還能避開人的耳目泡泡溫泉。而且繆里還能靈活地收放耳朵尾巴，導致過去不怎麼注意過她的換毛期。

而出門在外，情況就完全不同了。

「唔~手指好痠喔……」

繆里邊挑邊抱怨。有野獸血統的人被教會稱為惡魔附身者，一旦被教會人士發現就會送上火刑台。相較於這種後果，這點辛苦算得了什麼。

「好了啦，大哥哥！」

沒力了的繆里將被子扔到腿上，但就在我要她少廢話快動手時──

「我在想喔，如果我們撿一隻一樣顏色的野狗回來，是不是就不用挑啦？」

「咦？這樣子──」

說到一半，我也啞了。

「尾巴的毛不管怎麼洗，在這種時候也處理不完的啦。再說我也不敢保證睡著以後耳朵尾巴不會跑出來。」

繆里雖能自由收放耳朵尾巴，然而放出來才是自然狀態，因此很容易在驚嚇或憤怒時自己跑出來。

既然睡著時容易跑出來，也就是恐怕要天天這樣挑，她的想法是有點參考價值。

「如果我裝成一個天真無邪的小女生，抱一隻野狗寶寶進來，人家也不會生氣吧？」

竟然若無其事地講這種話，不過她厚著臉皮抱小狗演戲的樣子倒還不難想像。繆里就是很擅長這種事，作哥哥的我是不太樂見就是了。她母親賢狼赫蘿也是靈活運用她的威嚴和可愛，將丈夫羅倫斯的韁繩抓在手裡，要勒要放要甩都隨她高興。繆里多半也繼承了這一點吧。

況且從被子挑狼毛這種事真的是沒完沒了。

「……話說回來，會那麼剛好有這種小狗嗎？」

繆里一把拋開被子，站起來說：

「到街上找不就好了！今天還是好天氣呢！」

她的目的該不會是上街吧……儘管這麼想，今天也難得沒有行程。

前陣子忙得團團轉，過幾天，這風暴又要回來。

繆里會小孩似的鑽進被窩裡撒嬌，是因為我最近不太能陪她，覺得很寂寞的緣故吧。

「那我們就走吧。」

繆里的眼睛立刻亮起來，一把抓起大衣。

「好耶！找攤子吃烤肉！炸魚！砂糖點心！」

我為繆里口中的恐怖咒語嘆息，起身穿上自己的大衣。春天已到，很快就不用穿這麼多了。繆里這麼興奮，也和這陽光有關吧。漫長的冬天終於過去，美好的季節降臨人間。

我瞇著眼眺望窗外，見到無垠的廣大藍天。

「大哥哥！快走吧！」

繆里忽然拉手，害我踉蹌。

多希望能把繆里養成一個會因為看看天空，見到季節變換而微笑的文雅少女，不過這精神飽滿的模樣似乎才是她應有的樣子。

再說，繆里厲害的地方就在於只要她有心，一樣能扮演文雅少女。

「嗯？怎麼啦～」

緊抱我右手的繆里愣愣地看我的臉。

「沒什麼啦。」

我用左手摸摸她的頭，她縮脖聳肩，很開心的樣子。

「可是烤肉只能吃一串喔。」

「咦～！」

「少在那裡咦。」

「那好吧，我就去找一串這麼大的店！」

繆里兩手大開都快脫臼了，然後像鯊魚咬上來般又抓住我的手。

「你自己說一串的喔？」

「哪可能有那麼大的。啊，鐵籤不算，只有木籤喔。」

「大哥哥都欺負我！」

即使這樣叫，她還是不知道在高興什麼，笑呵呵地用臉在我手上蹭。

既開心又煩人，或者說一如往常的一天就要開始了。

我們是在溫菲爾王國南方城市勞茲本的某個貴族宅邸借宿。供應我們路上所需的王室成員海蘭用她的名義借下整棟房子，我們住其中一間房，每天都要做些她交代的工作。今天海蘭因公外出，難得放假。

等海蘭回來，又要忙得團團轉了。

這幾天出入非常頻繁的宅邸也靜悄悄地，像在休養生息。

我向留下來的傭人表示要上街走走後就出門了。為安全起見，我順便以房裡有寫到一半的重要文件為由，拜託傭人別讓任何人進房。房裡是真的有文件，不算說謊，神也會原諒我吧。

來到屋外，上午的勞茲本街道還是跟平時一樣。之前還亂得像暴風雨來襲時起了大火災，如今已經完全恢復日常情景了。

我們穿過天蓬馬車優雅駛過的貴族住宅區，來到喧噪的鬧街上。才一個塞滿雞鴨的籠子過去，接著又是滿載豬隻的馬車和一大群用牛軛串起的肉牛。光是想那些動物可以擺滿幾人份的餐桌，我就要頭暈了。但想到人們才剛忍了一個冬天的醃肉、醃鯡魚和沒了味道的舊麵包，這些肯定是填不滿他們的胃。

我求神保佑人們可以常保這份活力時，蹲在身邊的繆里站了起來。

「嗯，拜託啦。大哥哥會買獎品給你的。」

回答繆里的，是一隻有點瘦的深褐色老狗。

「汪呼。」牠軟趴趴地一吠，沿牆腳慢慢走遠。繆里腳邊還坐了三隻不同顏色的野狗，這是因為有森林之王——狼血統的繆里一來到這條街就收了野狗當手下的緣故。

另外，在繆里面前坐成一排的野狗們之所以毛有點亂，是因為牠們也和繆里一樣正在換毛吧。感覺只要找到和繆里同色的狗，還真能混得過去。

「找得到嗎？」

「嗯……是不會有狗的毛跟我一樣漂亮啦，不過牠說有些顏色類似的狗會聚在一個地方，要幫我看一下。」

我不太懂野狗的習性，難道相近的自然會聚在一起嗎。

「你看，那邊不是有很多船過來嗎？從世界各地搭那些船搬家到這裡的人，不也是同鄉的人會住在一起嗎？」

她是指比較大的城鎮都一定會有的某某人街吧。既然這樣說，倒也沒錯。

「所以他們從故鄉帶來的狗，也會在那裡建立地盤？」

「嗯。比如說牠們三個，好像是從大陸東邊來的。」

儘管顏色不同，體型的確是彼此相近。

被繆里摸頭，牠們就開心地搖尾巴。

「那之前那隻，就是去找有銀毛的狗聚集的地方嗎？」

「大概吧。當然，牠們都比不上我啦。」

繆里花了很多心思在保養頭髮上，體毛就差遠了。

然而她扠腰挺胸，對自己的毛還是很有自信的樣子。

「那麼大哥哥，我們就趁那隻狗爺爺去找銀毛狗聚集地的時候幫牠們買獎品吧！」

「好好好，也要幫指揮野狗的狼買一點對不對？」

「欸嘿嘿～」

我對賊笑的繆里苦笑，兩人一起躍入雜沓之流中。

勞茲本原本就是個又大又熱鬧的港都，愈往港口走人愈多，多到讓人以為是不是有個大水桶從海裡撈出人來往路上潑。

這裡的海在冬天吹的都是濕冷的西北風，有礙航行。所以當春天真正到來以後，蟄伏的船全都湧過來了吧。

「繆里，不要走散喔！」

「你才是咧！」

路上到處是背負巨大貨物的壯碩搬運工，撞上可不是鬧著玩的。又矮又輕的繆里敏捷閃過他們，躲開邊走邊大聲論事的胖子集團，笑呵呵地看著扛著羊走路的牧人經過，在排滿路兩旁的攤販尋找感興趣的東西。

在這麼擁擠的路上跌倒，馬上就會被踩出重傷，讓我替她擔心得不得了。可是被搬運工嫌擋路，被商人目中無人地推開，被牧人肩上羊尾巴打臉的都是我。

一路蹣跚的我好不容易追上繆里，發現她已經向攤販點了菜。

「大哥哥，你頭髮好亂喔。」

「……」

繆里一派輕鬆地從腰帶裡翻出木匙，咔咔咔地邊咬邊等，像隻牙齒癢的小狗。

「不要咬，很難看。」

她對只說得出這種話的我吐舌頭，應老闆吆喝接過餐點。

「……那什麼啊？」

我從小就跑去當流浪學生，大了點之後跟隨繆里的父親旅行商人羅倫斯環遊諸國，後來又為進修神學，靠艾莉莎的關係在各國間到處跑。

因此我對各地飲食的認識有一定的自信，但繆里雀躍接下的東西我從來沒印象，乍看之下感覺很恐怖。

「欸嘿嘿~這是到宅子裡來的石匠跟我說的喔！現在勞茲本最流行的小吃，海盜盅！」

繆里手裡是用便宜硬麵包挖空盛裝的小炒，內容物一團混亂。

「這是豬豬跟羊咩咩的內臟，這是關節的軟骨。炒熟以後再加上炸得酥酥的魚骨頭，灑很多鹽、大蒜、芥子和油再炒一遍，超香的——」

說到一半，強烈大蒜味從她手上隨風吹來，燻得我睜不開眼。石匠體力消耗大，這的確會是他們喜歡的東西。繆里將木匙插進去挖一口塞進嘴裡，眼睛馬上閉得耳朵尾巴快要冒出來甩一樣，然後一匙接一匙猛舀。

儘管吃相毫不端莊，不過看她忘情得臉都要塞進那塊大麵包裡，倒還挺有趣的。我將嘮叨改為嘆息，扯著她的袖子把她拉到人少的巷子裡，要她好歹坐在木箱上吃。

繆里用她隨身的木匙在那調味重的所謂海盜盅裡猛挖，不時往周圍香脆的麵包碗咬上幾口。

「啊唔、唔咕……嗯咕、咕嚕。呼。大哥哥，要吃嗎？」

吃掉一半以後她才終於想到我。我苦笑著請她掰一塊麵包碗，再舀一匙料盛在上面給我。

猶豫不是因為我平時節制吃肉，而是其他原因。

那刺激性的香味實在充滿危險的魅力。隨我一口氣送進嘴裡，香氣立刻在口中爆炸，強烈刺激使我太陽穴到腦門都發麻了。

「會很有精神吧？」

繆里笑出虎牙這麼說，而我卻辣得差點咳嗽，好不容易嚼碎了嚥下去。嘴裡雖仍是雞飛狗跳，但我不僅一點也不覺得難吃，還回味無窮地吞吞口水，覺得這是沒辦法單獨吃的東西。

「會想配啤酒呢……」

「我也要！」

繆里大聲附和呢喃的我。

我瞪她一眼，她回我一個鬼臉。

接著她又開始猛扒，我忍不住要吃她慢一點，而她嚼了嚼內臟後對我說：

「因為湯匙太小了啦。」

她還故意張大嘴巴，把湯匙擺在嘴巴前給我看。

湯匙是人人旅行在外都會帶的餐具，虛榮的商人甚至會把銀匙插在帽子上。

「你看，都這麼破了。好想要新的喔。」

「先把妳咬湯匙的壞習慣改掉再說。還是說妳要換鐵湯匙？」

「咦～！」

狼都很討厭鐵製品。說到一半，附近的野狗似乎是發現繆里在這，有幾隻圍了過來。牠們像是來向繆里這頭狼致敬，也像是被她手上香噴噴的食物引來。

「我不分喔。」

繆里把海盜蟲抱到一邊去，我戳戳她的小腦袋。

別說聖經要人們慷慨分享，之前在這座城遇上問題時，也是借助野狗的力量解決的，給點謝禮是應該的。

但繆里聽了更不高興。

「噗……牠們都有辦法搜刮自己的食物耶，獵人又不需要施捨……」

繆里唸唸有詞地舀一匙牛羊雜，萬分不捨地看了一會兒後放在腳邊。野狗們立刻狂搖尾巴衝上來，搶得都打架了。

「是啦。我以前旅行的時候，不曉得被野狗搶走食物多少次。」

聽我這麼說，又咔咔咬起湯匙來的繆里愣了一下後賊笑著說：

「是因為你老是發呆吧？」

「我不能否認。」

繆里笑呵呵地又舀一匙牛羊雜時，眼睛忽然睜得又圓又大。順她的視線轉頭一看，只見一群顯然穿著旅裝的人陸續經過，其中有幾個背著特別的東西。

「大哥哥，那是什麼！」

她用拿木匙的手拉我袖子問，害我擔心弄髒借來的衣服而慌了一下，但繆里才不管這種事。

「那是……」

旅裝有很多種，而我在這一帶從沒見過那種樣式。

感覺很挺拔，踏著充滿自信的步伐，使我猜想他們來自南方都市。他們的其中一人，背著一捆像是巨大餐具的東西。

「會是城裡餐廳要用的嗎……應該不是。」

裡頭有人手那麼長的匙子，以及像是用來插牛肉塊的雙頭木叉，還有很多奇形怪狀，沒見過的東西。

「咦～為什麼旅行的人會帶那種東西？要在這裡開店嗎？」

繆里咔咔咬著木匙問。

「可能是有南方的人要搬過來吧。你看，還有人搬家具呢。」

「哇～真的耶。」

繆里興高采烈地看著那群人，將剩餘的海盜蟲送進嘴裡，突然說：

「我想要那個湯匙！有那個不只能吃很大口，有需要還能當武器，很帥吧？」

她拿那種尺寸的東西，感覺和年輕人拿長劍差不多吧。帥氣是帥氣，可是用那種東西吃飯，餐費不曉得會爆增成什麼樣子。

「不可以，妳是想等我說只能買一湯匙的時候，把那個拿出來吧。」

「嗯。就像曬衣竿那麼長的肉串就可以吃到爽一樣。」

她似乎是對烤肉只能吃一串的限制相當耿耿於懷。

「妳怎麼都在想這種事啊……」

「咦～可是那真的很棒耶，好想用那個吃好多好吃的東西喔。」

她有時冷靜得連大人都比不上，但有時稚氣卻重得我都搞不懂。

正想對她說，用那麼大的湯匙吃飯一定很不方便時，我發現路邊有三對眼睛，正飢腸轆轆地抬望真的很想要那把湯匙般注視那群人的繆里。牠們是盤據在勞茲本港口的野狗，也是銀狼繆里的忠僕。聽話又聰明的野狗們順著繆里的視線望去，然後壓低姿勢。

獵人們要為主人賣命了！

「繆里、繆里！」

「呼咦？」

我拍拍繆里的肩並指向野狗，她也注意到有狀況了。

只見她想了想，開心地說：

「很好，你們吃了我的海盜盅，就要努力工作。」

野狗們轉向繆里，搖起尾巴。

「喂，繆里！」

「呀！」繆里很刻意地小叫一聲縮起脖子，樂得哈哈笑。

「受不了，妳真的是喔……」

「咦～率領野狗的女盜賊頭子不是很帥嗎？我們是只偷壞人東西的義賊喔。這種劇本拿去溫泉旅館演應該會很受歡迎吧。」

她的確很適合這種角色，不用想就浮現眼前了。

跟她同年的女孩，不是在學女紅烹飪準備出嫁，就是在讀詩集修身養性，這野丫頭實在是一點也沒變。

「來來來，你們聽好，不可以在街上亂偷東西。要偷只能偷壞人的喔。」

繆里用木匙敲打硬梆梆的麵包碗，用義賊頭子的口氣這麼說。

野狗們乖乖坐下，沒趣地趴在地上。

「唉……」

她什麼時候才會長大呢。

我無力嘆息時，先前的老狗慢慢走來。

「啊，已經回來了耶。怎麼樣？」

「汪呼！」

老狗吐氣似的吠一聲後，繆里的眼骨碌碌地轉一圈，歪起嘴巴。

「牠說什麼？」

「咆呼……唔唔……」

一陣像是表達無奈的低吟後，老狗一甩尾巴。繆里又咬咬木匙，扒兩匙海盜盅再往麵包碗啃一口，剩下的都放在老狗面前。

「大哥哥，我們走。」

「咦？去哪裡？」

繆里跨過樂啖剩餘海盜盅的老狗和等著分一杯羹的其他野狗，往小巷另一邊走。

並轉過頭來說：

「牠說有人在抓狗。」

抓狗？

我先是一愣，而接下來的話更是讓我錯愕。

「而且是專抓銀白色的狗喔。說不定城裡也有人在想跟我們一樣的事呢。」

「不會吧。」

我脫口這麼說，隨後想到這不是完全沒可能的事。

這座城有這麼多人出入，港邊有來自世界各國的船。混居人類社會的非人之人非常稀少，但還是存在。實際上繆里就是個例子，並不是不可能。

「那妳在急什麼？如果目的一樣，請對方讓一隻不就好了？」

結果繆里睜大眼睛，露出虎牙說：

「因為這裡是我的地盤啊！娘有再三跟我交代過！要能保護地盤才算得上是狼！」

「……」

「再說事情也可能沒你想得那麼簡單吧？動作快點啦！不然丟下你嘍！」

繆里沒等我回答，繼續大步前進。頭上狼耳都冒了出來，大衣下也看得見狼尾。在勞茲本這樣的大城市，野狗等流浪動物自然也多。有森林之王血統的繆里能轉眼收牠們作手下，把這座城當自己的地盤不算誇張吧。

「大哥哥！」

就快消失在巷弄深處的繆里又喊我一聲，無奈的我要準備跟過去時，注意到舔拭海盜盅的老狗視線。

那像在說「別怪我喔」的視線，使我垂肩嘆息。

「她從出生就這麼野了啦。」

「咆呼。」

也許是在大城收了一幫野狗點燃了她狼的血液。事情不單是她貪玩，胡亂訓話也不好。

「真是的。」

我碎念一聲後跟上繆里的腳步。

她所跑過的路上，有閃亮亮的狼毛在飛揚。

勞茲本的街道歷史悠久，巷弄複雜。我自己一個人來，恐怕是早就迷路了。但繆里是狼，即使在到處有樹木遮蔽視野的森林裡也絕不會迷路。

她左拐右繞，信心十足地前進。一回神，我已來到氣氛熟悉的街區。

「呼、呼……咦，繆里，這裡不是我們那棟房子附近嗎？」

我氣喘吁吁地問，繆里聳個肩拍拍耳朵說：

「完全不一樣啦，感覺有點像就是了。」

看來貴族的住宅區不只是那一處。

「而且……這裡空氣的味道也不一樣。這一帶大概是從遙遠國家來的人聚集的地方，然後我想這一小塊又是裡面特別有錢的人蓋房子的地方。」

我當然是聞不出氣味的差異，既然繆里這麼說，那就是這樣吧。

「沒有野狗耶。妳說有人在抓狗？」

「那個狗爺爺說這幾天有好幾個同伴被抓走了。」

「這……」

大城突然開始抓狗，可能性並不多。一般是有王公貴族等重要人物來訪，為提高環境清潔而抓，再來就是為毛皮而抓。若在戰時，則有可能為了少幾張嘴或直接抓來吃。

「我也有不好的預感……可是實際到這裡來以後，感覺有點怪。」

「怪？」

繆里從巷口探頭出去觀察四周，閉上眼睛吸幾口氣。

「這裡完全沒有暴戾之氣，例如毒餌的味道或是打狗的血腥味之類。」

路上的確是一片祥和。

「所以到底怎麼了？」

「嗯……嗯？」

繆里的鼻頭動了動，這次還豎起耳朵。

「……大哥哥，這邊。」

見到她想從小巷走上街道，我拉住她的手。

「耳朵和尾巴。」

繆里露出「啊」的表情並抖抖身子，消除耳朵尾巴。

「拜託妳不要也被人抓走喔。」

「到時候有你救我啊？」

看她好意思這麼說，我氣都生不上來。

「好好好。」我摸摸她的頭，她開心地縮起脖子，又繼續走。

「所以是什麼狀況？看妳好像有什麼發現的樣子。」

「嗯……是有發現啦，但是搞不懂的事也變多了。」

帶路的繆里回頭說：

「狗都在同一個地方，但好像不是強迫的。如果是硬抓那麼多狗放在一起，會有一種類似汗臭味，像是憤怒的味道，但這裡沒有。」

「狗都在同一個地方……？在這種住宅區？」

這個寧靜的街區沿路都是高雅的建築，要是把野狗都帶來這養，很快就會弄臭自己的名聲而住不下去。假使找來這麼多狗是為了取毛皮，多得是更適合的地方。

「我原本還想說如果牠們過得很慘，就變成狼救牠們出去，但看樣子不用擔心這種事了吧。」

突然聽繆里這麼說，讓我有點感慨。

雖然她任性又調皮，基本上還是個心地善良的孩子。

我不禁從背後摸摸她的頭，嚇得她直問：「咦？怎、怎麼了？」

後來我繼續跟隨繆里前進，來到有扇氣派鐵門的樓房前。這是棟四樓高的紅磚屋，從牆上有掛旗桿或火把的金屬環來看，住戶應該頗具身分。

樓房本身面道路這一側沒有門，只有空中走廊底下設了這道鐵門，門後就是中庭。

來到這裡後，我也曉得狗在哪了──就在樓房另一邊的中庭裡。

「好像滿開心的耶？」

我也側耳聆聽，不只聽見狗叫聲，還不知為何依稀有些音樂聲。我是聽說過很多貴族的瘋狂興趣，但找一群狗來家裡聽音樂也太誇張。

就在繆里想從鐵門縫隙間窺探中庭狀況時——

頭上突然有聲音喊來。

「啊！我等你們好久了！」

趴在人家門上，被看作乞丐還算好，要是當成小偷來事先勘查就很難辯解了……慌張之餘，我忽然覺得不太對勁。

他說等很久了？

我姑且抬頭看看，只見一名年輕男性從敞開的木窗探出身來望著我們。他比我年輕很多，是堪稱少年的年紀，但還是比繆里長幾歲吧。一頭略顯灰白的金髮輕柔搖曳，渾身散發上流階級的高雅氣質。

而且服裝相當華美，近似海蘭處理公務時會穿的禮服。

「你們能趕上真是太好了！我馬上派人過去，請稍等！啊啊，真的是太好了，感謝神啊！」

少年放心的笑容天真可愛，再加上微微泛紅的白皙肌膚，簡直是天使下凡。

但對方顯然是有所誤會。正想開口解釋時，他已經退回窗內了。

「……他是誤會了吧……」

沒被當成賊人雖已是萬幸，但他究竟以為我們是什麼人呢。

繆里穿的是平時那套從紐希拉穿來的衣服，我的是向海蘭借來的大商行小老闆風格服飾。平時的裝扮太像聖職人員，在城裡太醒目。儘管非我所願，我在這座城也不知不覺成了名人。

這使得我雖然覺得現在跑掉就沒事了，但既然對方地位高，未來說不定會在哪見面的懸念留住了我。在這裡解釋清楚，比較不會有後顧之憂。

然而，找白狗的事該怎麼跟他說明呢。

傷腦筋時，我注意到繆里的視線。

「怎麼了？」

她傳自母親的紅眼睛盯著我看，並幾乎要敲出聲音來似的眨動，然後笑咪咪地說：

「大哥哥穿這樣真的很帥耶。」

「什、什麼……？」

說著還開心地摟住我的手。繆里經常有這種令人摸不著頭腦的舉動，世上沒什麼比少女心更難懂了。

這時，門後有人的聲響。

還來不及想藉口，門已經開了。

出現的是先前那位貴族。貴族跑得臉紅氣喘來開門迎客是非常不體面的事，後面有幾個傭人急忙追來。

他們一開就迫不及待地握住我的手上下猛搖，那力道都快把我的手給扯斷了。

「啊啊，太好了，真是太好了！感謝你們！」

「那、那個……」

「哎呀，太完美了！就跟我要求的一模一樣！居然派來了這麼棒的人！」

要求？才剛想他到底在說什麼，他又握起繆里的手，並對她恭敬地屈膝行禮。

「有妳頭髮這麼美的人來到這裡，只能說是神賜予的奇蹟啊！今天就拜託你們了。」

他還很貴族地捧起繆里的手，在手背上一吻。繆里也很喜歡這種事，再加上她引以為傲的頭髮受人誇讚，自然是樂得不得了。

「來來來，快請進來準備。大家都快放棄了呢。哎呀，真是太好了！」

雖然他激動得都泛淚了，但我還是不懂他究竟把我們當成了誰。因此進門之前，我非得先問清楚不可。

「對不起……您是不是把我們當成別人了？」

「咦？」

高雅的長相錯愕起來也是那麼高雅。我一邊這麼想一邊說明：

「其實我們是在這附近找狗……後來聽說府上中庭有很多狗叫聲……」

不只我自己也覺得找野狗這理由很莫名其妙，對方的反應更大。而且他還把我們誤認為苦候多時的另一組人，那茫然的表情甚至令我很有罪惡感。
在這種狀況下，該怎麼問狗的事呢……想到一半貴族回過神，先開口問話。
然後換我茫然了。
「咦，你、你們也在辦婚禮嗎？」
「咦？」
「還以為都事先調查好了，想不到還會撞日……喔不，既然你們還在找，表示那不是今天的事？」
當我腦裡仍一片混亂，眼前的貴族求救似的逼上來。
「能請你再等等嗎？可以的話，今天……不，最晚這幾天就會結束才對。要是你把我們剛找來的狗帶走，我們就辦不下去了！」
年輕貴族說得都快哭了。這時一聲「汪呼」傳來，我往裡頭望去，見到好幾隻亮晶晶的銀狗白狗探出頭來。
牠們經過仔細保養的毛髮閃閃發亮，脖子上綁的紅色蝴蝶結也很喜氣。這時，我才想起他提到婚禮。
這時，貴族以引人同情的表情這麼說：
「啊！對、對了……既然是來找狗，就表示你們……不是扮演祭司跟伴娘的人……？」

扮演祭司跟伴娘。

我往身旁繆里看，她一副已經弄明白的臉。

一群白狗與銀狗，和擁有銀色頭髮的少女。這裡是來自遠方的人們居住的區域，他們的婚禮會有許多來自當地的習俗。在他們的傳統裡，白色動物代表好兆頭吧。

而且勞茲本是溫菲爾王國的都市，溫菲爾王國因槓上教會而造成所有聖職人員放棄聖務。想辦婚禮卻沒有人能主持立誓儀式，就像吃烤羊不灑鹽一樣，不難理解他們需要找人扮演這角色。

匆忙張羅時卻見到我們上門，難怪會當成他們想找的人。

但是很遺憾，我們並不是聖職人員和伴娘。

況且見證婚禮是聖職人員的重責大任，不是我這沒資格的人能隨便主持的事。這明顯違反教會法，若事情曝光會變得很麻煩。

正當我想對他這麼說時，繆里腳一伸走向前去。

「我們是碰巧到這裡來的啦，如果有什麼是我們能幫的，就讓我們幫吧？」

繆里的眼睛顯然是為了「幫人」以外的事在發亮。

撞上外國人家的婚禮，不點燃她的好奇心才怪呢。

「真、真的嗎？」

「喂，繆里。」

正想叫她別胡亂答應這種事時，她一把按住胸口把我推開。

「嗯，這個大哥哥穿什麼衣服都不搭，就只有穿教會那種衣服特別好看喔。」

還在我胸口拍了幾掌。

「對呀對呀，我也是這麼想！」

「而且你們要找伴娘吧？穿漂亮的衣服，頭上戴花冠，跟新娘一起走的那個嘛？」

「沒錯沒錯！」

腰逐漸往前彎的貴族少年和雀躍的繆里手都要握在一起了。

這時，他們一起往我看來。

「大哥哥，神也會希望你幫助人家吧！」

把神搬出來的繆里當然沒有把神擺在第一位。從她眼中的光輝來看，她只是想穿小妖精般的白色婚禮服裝，戴花冠參加喜事而已。

然而即使教會法或常識云云都在嘴邊打轉，眼前的貴族正在頭痛也是事實。

而且婚禮特別重要，是人生大事。

神到底會希望我怎麼做呢。

是遵守教會定下的教會法，還是促成他人的幸福……

儘管我仍在苦惱，答案幾乎是呼之欲出了。

「我……不是聖職人員……」

「沒關係沒關係！只要你站在會場上，讓形式完整就好。」

原本主持結婚這項聖禮是聖職人員的職務，冒充聖職人員是要問罪的。

若要嚴格遵守法條，我是該拒絕。

但在婚禮上扮演祭司這種事，神應該也會網開一面吧。

只要不收錢，即使曝光了也能堅稱自己只是見證人。

再說拿規定出來擋，繆里不曉得會跟我辯多久。

「那、那好吧，我願意幫忙。」

「喔喔！謝謝你！」

為得救而激動的貴族身旁，繆里笑得瞇起了眼。覺得事情變複雜了的同時，我告訴自己成人之美並不是壞事。

「啊，對了。我還沒向二位自我介紹呢。」

安心得都快掉淚的少年真的擦了擦眼角，挺直背脊繼續說：

「我的名字是梅爾庫里歐・柴達諾。」

「我是——」

剛開口，我就說不下去了。托特・寇爾這名字，如今不再只屬於一個偏鄉溫泉旅館的雜工。

隨著我們克服旅途中的難關，這名字不知不覺還多了個黎明樞機的稱號廣為流傳。到今天，這名字在人們心目中甚至產生了特殊意義。

梅爾庫里歐不解地等我說下去時，繆里插嘴道：

「其實我們正在旅行啦。大哥哥其實不是我哥哥，是一直在我家工作，負責照顧我的。」

貴族環遊諸國的事並不稀奇，家裡有關係近似手足的人也很常見。

梅爾庫里歐很快就接受了。

「在城裡找狗，也是因為想帶回去我們住的地方。那個房子好大一間，大哥哥又每天都很忙……」

繆里裝成想要狗排解寂寞的可愛少女，繼續說：

「另外就是，我爹本來就很反對我跑出來了，要是我爹聽說我跟大哥哥學教會辦婚禮，頭腦頑固的他說不定會當場昏倒。」

繆里是沒有騙人，但我怎麼想都覺得那裡頭有說不盡的深意。她雖叫我大哥哥，卻也敢直言無諱地說她是把我當異性看待。

「跟大哥哥學教會辦婚禮，爹說不定會當場昏倒」這種話，含意恐怕比狼的輕咬還深。

「原來是這麼回事啊。哎呀，我也能感同身受。我說我想遊學學寫詩的時候，差點沒把我父親氣死。但是我好勸歹勸，跟他約好會在管家的監督下維持端正品行，才終於能離家旅行一小段時間。」

「哈哈哈，到哪裡都一樣呢。」

梅爾庫里歐和繆里好像轉眼就打成一片了。

「名字這種事很容易突然被別人聽見就傳出去，我就不問了。」

「嗯，謝謝喔。」

之後繆里和梅爾庫里歐再握一次手，並也向我伸手。

事已至此，我也只能盡力演到最後了。

「我一定會傾盡綿薄之力，將您的婚禮辦到最好。」

「那裡，實在非常感謝你的協助。兩位快請進。」

繆里一隨梅爾庫里歐踏進院內，狗兒們便往她跑了過來。繆里一個個摸牠們的頭，看得梅爾庫里歐都傻了。中庭裡，婚禮的準備正順利進行。傭人們忙碌地來來去去，樂團也忙著調音。盛大的氣氛加上暖和晴朗的天氣，令人心情飛揚。突然間，我感到剛經過的門後有人在看我，像被潑了桶冷水。

赫然轉頭，沒有見到人，只是隱約有個紅得像火的人影掠過。

「大哥哥～？」

帶著狗群前進的繆里注意到我的異狀而轉頭問。

「啊，不好意思。」

掛念著那扇門後的我趕緊跟上。

那是怎麼了。

如果不是錯覺，那人好像是很惱怒地瞪著我。

「啊，今天一定能辦一場很棒的婚禮！」

梅爾庫里歐感動至極的話，在陽光傾注的明朗中庭中響起。

繆里紮起頭髮，換上潔白衣裳，戴著黃黃紅紅好不亮眼的花冠，腳邊還趴了隻特別黏她的小白狗。

在春陽下微笑著摸小狗頭的她，真的就如天使一般。

「啊，大哥哥。」

繆里注意到我進房而抬頭，靦腆地淺笑。

「嘿嘿嘿。怎麼樣，好看嗎？」

在紐希拉，她沒事就叼根肉乾滿山跑，把全村小孩集合起來做些嚇死人的惡作劇。

雖然這野性隨著成長漸漸收斂，看她這樣才讓我覺得她真的長成了一個女孩子。在盤起頭髮而露出來的漂亮耳朵上，那搖搖晃晃的寶石光輝正是讓女孩變成閨女的魔法之光。

對於作她哥哥拉拔她到現在的我來說，實在美得令人泛淚。

「嗯，很漂亮喔。真想讓羅倫斯先生也看看。」

「咦～？爹就不用了啦～不管穿什麼，他都只會說好可愛。」

繆里對羅倫斯的無邊父愛似乎不怎麼領情。

「大哥哥呢？你覺得怎麼樣？」

同情羅倫斯的我，也只能誠實說出感想。

「當然，我看也是非常可愛。」

繆里看起來是充滿自信，聽我這麼說之後像是放心又像害羞地縮起脖子笑了笑。

「不說這個了，典禮流程都記住了嗎？」

梅爾庫里歐家裡的女傭們總動員地幫繆里打扮的同時，也對她解釋過婚禮的整個流程才對。和柴達諾家結為親家的，是普利斯托家的女兒。兩家都是源自遙遠南方的國度，尤其柴達諾家在這個區域還扮演著移民管理者的角色。我先前也在另一間房聽人講解這兩家的家世和婚禮禱詞的內容，教會的婚禮流程是各國相通，沒什麼大礙。

例如無論健康或患病那一串話，只要是引用聖經，我有十足的自信。

「嗯，我的部分沒什麼難的啦。先到新娘房接人，跟她到房子裡的禮拜堂去，然後乖乖聽你祝福他們。」

「然後呢？」

「然後我要扮演天使，準備趕走惡魔用的蛋糕。用蛋糕趕走惡魔耶，好好玩喔。」

繆里像是從沒聽說過，說得咯咯笑。

其實威嚴的惡魔討厭甜食是還滿有名的民間信仰。即使容易被信仰問題刺激到的教會，也很難得地默許了這件事。的確，如果惡魔喜歡吃那麼甜的蛋糕，感覺很不像樣，所以就連腦袋僵硬的聖職人員也覺得有道理吧。

因此，他們用甜甜的砂糖和現擠的牛奶做成的鮮奶油妝點了這場婚禮。

「想不到在港邊看到的那些人，剛好是來參加這場婚禮的耶。」

就是繆里吃海盜盅時見到的那群帶大型餐具的男人，原來他們是從新娘家鄉帶嫁妝和婚禮用具來的。都從故鄉強拉祭司來了，他們搭的船卻因為途中天候不佳而分散，還要很久才會到。

「妳要用那個大木刀切蛋糕，再舀一大匙起來，可是那不是給妳吃的喔。知道嗎？」

「我知道啦！我這個天使要負責分祝福的蛋糕給新娘，然後新娘再拿給那個貴族吃嘛！」

那多半是將無法溫飽視為理所當然的遠古時代所留下的習俗，想祝福新人永不愁吃吧。

路上那些人所背的巨大木匙，不僅是為了給婚禮賓客做菜，還會用在儀式上。

「順序是沒錯，可是蛋糕要等到出了禮拜堂，中庭宴會開始以後才能吃。在那之前，還有一件事要做吧？」

這隻貪吃的小狼很容易聽到食物就昏了頭。

「咦咦，還有什麼？大哥哥要唏哩呼嚕嚕～地幫他們祈禱，然後……啊！」

繆里的表情瞬間從安詳天使變成野丫頭。

在那之後等待著她的，是她繼吃東西第二喜歡的活動。

「梅爾庫里歐先生的柴達諾家歷史悠久。我以前旅行到南方的時候，有聽說過那裡的婚禮有很不一樣的習俗，想不到這個習俗還在流傳呢。」

「就是貴族要驍勇善戰才有榮譽可言，保護不了新娘的貴族根本不算貴族的那個吧？」

這是今天這場婚禮的另一個看頭。

兩人誓言永遠相愛後，新郎不只要證明自己的真心，還要向所有來賓表示自己有迎娶新娘的資格。也就是從新娘出生領地人民的角度來看，新郎想娶走他們的公主就得拿出本事，這是很常有的事。所以在立誓之後，新娘領地的人會一起襲向新郎，而新郎要擊退他們保護新娘，帶她離開禮拜堂。

過了這一關，婚事才算數。

「可是那個人做得到嗎……感覺連劍都沒拿過耶。」

「只是儀式而已啦，大家演一場戲。連劍都不會用吧。」

「是喔？」

「在戰亂頻仍的古代，說不定真有這個必要就是了。」

說起來，梅爾庫里歐講解這件事時，臉上滿是緊張。

柴達諾家是很早以前就渡海而來，以這王國為中心拓展商路的世家。而對方普利斯托家更為古老，是個重名譽勝過財富的傳統貴族。

而且從宅邸裡來去的傭人來看，新人雙方家境差距不小。很容易分辨哪邊是在王國貿易的富裕柴達諾家，哪邊是謹守古老傳統的質樸普利斯托家。

就算說有人認為梅爾庫里歐是用錢買下了公主而厭惡柴達諾家，我也絕不會感到意外，甚至擔心會不會有人趁著這場大動作的儀式宣洩情緒。

儘管如此，宅邸裡仍充滿了祝福婚禮的氣氛，讓我猜想梅爾庫里歐也許只是因為面臨人生大事而緊張。

這時，掀動寬鬆裙襬的繆里說：

「不過這感覺不錯耶，可以在婚禮上重現保護新娘的戰鬥呢。」

熱愛冒險故事和愛情故事的繆里側眼看來。

「我也好想被愛我的人保護喔～」

這自言自語真是刻意得可以，但答應幫人辦婚禮以來，我就已經做好聽她說這種事的準備了。繆里說過把我當異性來愛，並正面強烈表示她的愛意。我現在是不會去懷疑她的愛有多深，不過我是立志成為聖職人員的人，況且我和繆里雖沒有血緣關係，我還是純粹將她當妹妹看待。

所以我這次也一樣裝作沒聽見，但感覺這樣也不對。

因為無法讓她如願是一回事，糟蹋她的心意又是另一回事。

我要將她豎起來的爪子移開般站到她身旁說：

「我是很願意保護妳呀，而且無時無刻都把妳放在第一位呢。」

要是她有露出狼耳，一定會拍得像撥水一樣快吧。

即使她想聽的是別句話，只要誠心回答，她還是能感受到的。

不過她像是開心就輸了一樣，很刻意地慢慢吸氣，誇張吐出來。

「哼，明明都是我在保護你。」

「就是說啊。我們的旅程能夠持續到今天，全都是因為有妳。我很感謝妳喔。」

若沒有繼承賢狼之血的繆里那般的智慧、膽量與應變能力，我這個羔羊早就揉碎在紅塵怒濤之間。

她表情還是頗為不滿，但事實上好像已經滿足了。

「那我要抱抱。」

她賊笑著伸長了雙手說。

「不可以，把裝扮弄壞了怎麼辦。回房間以後再抱。」

「咦～！一定要喔！說好嘍！」

平常的野丫頭臉又跑出來了。

但我還是有那麼點覺得這樣才像她，比較安心。

盤起頭髮，耳垂別上美麗寶石的繆里，宛如一離開視線就會消失不見的妖精般，讓人有點感傷。

用父親不捨女兒出嫁的心情來形容，有點對不起羅倫斯，改成哥哥不捨妹妹出嫁的心情就行了吧。

「話說回來，婚禮什麼時候開始？我去問問好了。」

原本是船隻延誤，找不到替代的祭司和伴娘，已經是延期的氣氛了，還有客人準備離開。多數親戚是遠道而來，春天又是個忙碌的季節。尤其是貴族人家，在當地節慶都是必須出席的角色。從港邊的混亂程度來看，光是找船就要費一番苦心，延期不是能輕易說出口的事。

而且使婚禮順利進行，和娶妻一樣關乎家族顏面，所以梅爾庫里歐才會如此急於舉辦這場婚禮吧。

身分高的人，也會被迫活在其身分的限制下。

「我也好想趕快吃大餐喔。聽說南方的菜會把麵粉揉一揉煮來吃耶，好想吃吃看！」

「妳不是才剛吃過海盜蛊嗎……」

聽我沒好氣地這麼說，繆里嘻嘻賊笑起來。

「啊～不曉得新娘是什麼樣的人耶。那個貴族新郎跟大哥哥有點像，那新娘會不會是有銀色頭髮跟狼耳狼尾的可愛女生呢？」

我用眼神向她抗議，她回我一個純真的笑。

總之不能耽擱婚禮，我想再去確認一次時程時，事情發生了。

「大小姐，您要去哪裡！」

「那邊是客人的——」

門後傳來這樣的聲響，隨後門粗暴地打開。

「你們就是扮祭司的人和伴娘嗎？」

「大小姐！」

一個頭髮紅如烈火的少女甩開慌張女傭的手。她身材高挑，四肢修長，露肩華服展露出強健的肌肉。簡直就像紐希拉溫泉旅館熱門戲目中的屠龍女騎士跳出來一樣。

那名少女對女傭們不理不睬，大步進房關上了門。

深褐色的銳眼看了看我和繆里。

「聽說你們是碰巧到這來的，沒錯吧？」

這就是所謂要將人射穿的視線吧。她身高和我沒差多少，但或許是氣質問題，壓迫感高得嚇人。發生暴力衝突肯定打不贏她的感覺令我心生畏懼，而坐在椅子上的繆里卻還是跟平常一樣。

「對呀？」

少女眉頭一皺，一口氣吸得身體好像膨脹了似的。從繆里的態度來看，少女並不打算對我們動粗。至於她在氣些什麼，已是不言而喻。

不是認為婚禮不該有外人，就是認為不該用假的祭司。這麼說來，她還挺像是在女子修道院身穿甲冑，讓柔弱少女安心祈禱的女騎士。

但是繆里卻這麼說：

「妳穿這樣……所以妳是新娘沒錯吧？不用去準備嗎？」

驚訝只有一瞬。少女哼一聲吹開繆里的話，頭逼過來瞪視繆里的眼睛。

「你們靠得住嗎？」

被體重說不定有兩、三倍的少女逼這麼近，繆里也絲毫沒有退卻。她直覺很靈，應該是看出新娘沒惡意吧。

不過這麼一來，新娘的態度就很難懂了。婚禮當前，怎麼闖入客人的房間，還問人靠不靠得住呢？

「不好意思。」

我一插嘴，新娘的視線就向我狠狠轉來。

即使心裡一怔，但還是挺住了。

「我們的確是臨時找來充數的，可是我覺得這也是神的旨意，我們一定會竭誠扮演好這個角色……」

當然，我畢竟是假扮的祭司，要我滾我也只能滾。儘管會有些惆悵，非正牌聖職人員的我沒有抗辯的餘地。

「再說這裡不是有銀狼的傳說嗎？這樣的話，我當伴娘剛剛好吧？」

男方梅爾庫里歐的柴達諾家，和女方普利斯托家的家徽剛好都有狼。雖然隨時代演變，近來鷲鷹或獅子較受歡迎，但是從古代帝國延續至今的古老家族中，還有不少高舉著狼紋家徽。這兩家就是因為這個緣故，習慣在婚禮上找來許多長得像狼的銀狗白狗，再找銀髮少女當伴娘。

繆里那個問題當然也在暗示不可能有哪個女孩的銀髮比她更漂亮，而除此之外，她還是真正的狼，沒人比她更適合這個角色了。

可是紅髮新娘仍像狼一般警戒，交互瞪視我和繆里。

依然不知道她心裡有何盤算的我，忽然想起她問「你們靠得住嗎」。於是我開始往她有些難言之隱需要請人協助的方向猜。

婚事是人生的巨大轉折，本來是該充滿歡笑與祝福。但堪稱主角的新娘卻是如此心事重重的臉，令人立刻想到幾種可能。

我頭一個想到的，是她被迫嫁人。

眼前這位新娘看起來一點也不惹人憐惜，渾身上下都是想要什麼就自己搶的感覺。要是家人替她決定了不願嫁的對象，八成不會唯唯諾諾地走進結婚禮堂。況且柴達諾家與普利斯托家家風與財富都有差距，為政治目的出嫁的貴族千金並不少。

這位紅髮新娘，很有可能是在找信得過的人來破壞這場婚禮，問題是我這外人該不該過問。

然而，絕不見死不救也是我的人生信條之一。

於是我對這個像是負傷野獸的少女這麼說：

「我的名字是托特．寇爾。」

「咦，大哥哥！」

繆里驚訝得睜大眼睛，而我繼續說：

「大多數人，把我稱作黎明樞機。」

這座城前幾天才有過一場大騷動，紅髮少女似乎也聽過傳聞，愣愣地看著我。

「要是我當祭司的事被人知道，恐怕會引起一些麻煩，所以我沒對梅爾庫里歐表明身分。可是，如果妳真的有苦難言，需要幫助，我的名字應該能幫上一點小忙，我這位知己也願意幫妳吧。」

動用所有可能的人脈，好歹能幫這位少女逃離強迫的婚禮才對，再來就看她相不相信我了……想到這裡，少女嗤之以鼻地說：

「……要說謊也該打個草稿吧。」

不知如何回答的我聳聳肩，新娘咿唔一聲。

「不過你長得是跟聽說的一樣沒錯。你真的就是他嗎？」

「黎明樞機這稱呼太誇張，我很慚愧就是了。」

少女跟著哼了一聲。

「那麼……我可以……相信你們嗎？」

她的表情不是憤怒，充滿了鬱悶。

「大哥哥這種傻正直的人不能信啦。」

少女往插嘴的繆里看。

「妳看嘛，像我這麼可愛的女生一直要他跟我結婚，他卻一直說要當聖職人員，只把我當妹妹看什麼的一直拒絕我耶！我們沒有血緣關係喔？像昨天我還半夜鑽到他被子底下，他也完全不理我！」

聽了繆里氣沖沖的這些話，少女不敢置信地看來。

「……你有病啊？這麼可愛的女生，娶了不就得了？」

「是吧～？」

她們倆的對話讓我無力地說：

「別管我了，現在談的是妳的事吧？」

少女這才回神，挺直背桿。那不是從新娘課程學來的柔美儀態，而是經過長期鍛鍊的人才有的俐落動作。

「你們兩個……喔不，兩位來到這裡，真的是因為神的引導吧。拜託你們幫幫我，這裡我沒有其他人可以依靠了。」

婚禮的主角新娘，這樣向我們求救。

我與繆里對看一眼。很喜歡這種故事的她，整個眼睛都亮了。

「可是我要再問一次，你們真的不是我父親的手下？」

自由豪放的女兒，與企圖束縛她的父親。

這樣的構圖並不稀奇，能獲得自由的繆里才是特例吧。

而結婚應該是一件幸福的事，不應該強行逼迫。

「真的不是。所以，我們應該能幫上妳一點忙。」

少女像是被這句話敲開了心扉，表情有那麼一瞬間扭成哭相。

「謝謝，真的太謝謝你們了。拜託，幫我破壞這場亂七八糟的婚禮。」

果然是逼婚啊。繆里對愛情故事中的私奔情節根本愛到心坎裡，都在磨拳擦掌了。

接著，少女這麼說：

「我父親想暗殺梅爾庫里歐，拜託你們救救我心愛的梅爾庫里歐！」

「……咦？」

世上充滿了意想不到的事。

紅髮新娘艾爾娣．普利斯托說出的話，與我想像中完全相反。

「我父親想殺梅爾庫里歐。」

艾爾娣重複道。

「我那個頭腦頑固的父親反對我們結婚。我們家是靠武功起家，柴達諾家的祖先是文官，因為受到拔擢而興起。我父親經常把『沒上過戰場的軟腳蝦不算是男人』這種話掛在嘴邊，對他來說根本門不當戶不對。」

雖然很錯愕，但家世問題在現實中的確存在，不然貴族與平民突破萬難想結婚的戲碼就不會老是出現在歌劇院裡了。同樣的問題，也會發生在貴族之間。

艾爾娣搖搖頭，難過地咬著下唇。

「我和梅爾庫里歐，是在故鄉的慶典上認識，當時的事我還記得很清楚。父親從第一次見到他以來，就從來沒給過他好臉色看。」

「這樣啊？」

繆里將手擺在她腿上問，似乎想安撫她。

「是啊。我把我的劍拿給梅爾庫里歐看，他就說了很多關於劍柄詩詞的事。不講利不利，也不是逮到多少獵物，讓我很驚訝。我從沒遇過看著劍講詩詞的男人，甚至不知道劍柄有刻字。梅爾庫里歐替我解釋詩的意思，還說了很多相關的故事，而且……」

艾爾娣的眼忽然望向遠方般瞇細，嘴角也變得柔和。

「他還當場為我作了一首詩。當然我們家設宴的時候，也會有賣藝的人作詩給我，但每個都是讚頌武功或是拍馬屁。我這樣子還說我是花的妖精，是瞎了還是怎樣？」

對於屈臂秀肌肉的艾爾娣，我真不曉得該說什麼好。這時繆里直率地咯咯笑，輕聲問道：

「然後呢？他寫了什麼詩讓妳那麼高興？」

艾爾娣彷彿早就在等她這麼問，有點靦腆又頗為驕傲地說：

「那首詩是在說，偶爾也可以把劍放下，在池邊睡個午覺。我是不懂詩的好壞，可是那給我很大的震撼。因為念書的時候，我都要默背一堆死板板又老掉牙的詩，宴會上的詩又都在拍我們馬屁。知道世上還有這種輕鬆愉快，淺顯易懂的詩，真的讓我好震驚。」

都用死板板又老掉牙的詩教繆里讀書的我，實在難以面對繆里的視線。

「從那一刻起，我的心就都是梅爾庫里歐的了。我像小孩一樣要他念更多詩給我聽，他也不嫌我煩，念了好多讓我笑得滿地打滾的詩。」

或許梅爾庫里歐本身真的有詩才，而那是源自他的本性吧。

繆里聽艾爾娣聊梅爾庫里歐的樣子，比她還要開心。

但艾爾娣表情忽然一沉。

「不過梅爾庫里歐在我父親眼裡，一定是個只有一張嘴的軟腳蝦吧。他打斷我們，還找他麻煩說不要只會說話，陪他練幾式劍怎麼樣，甚至還問我什麼時候對詩詞感興趣了。他那顆石頭根本就不了解梅爾庫里歐的才華和溫柔！」

是因為他和一生都用在戰鬥上的人的價值觀差太多了吧。從艾爾娣的父親看來，梅爾庫里歐才奇怪。

然而這裡我有個疑問。

「那麼……令尊怎麼會答應你們結婚呢？」

否則事情也不會演變成這樣。

「這場婚事當然沒有受到祝福。柴達諾家有很多善於經商的人，如今是根植世界各國的一大勢力，所以父親是害怕拒絕柴達諾家的提親會遭到報復吧。我們家握劍的人多，握筆的人少，又沒有錢。劍在這個時代已經沒什麼意義了。」
也就是被迫接受這場婚事的，反而是父親這邊。
「我聽過很多被迫結婚而造成的悲劇，原來也有相反的呢。」
聽我這麼說，艾爾娣的眉毛又豎了起來。
「我們家的男人，真的每個都是思想老舊又僵硬得像石頭一樣！我跟梅爾庫里歐說我父親絕對會反對，結果他……明明有那樣的家世，多得是更好的人家能選，他卻握起我的手，發誓無論用什麼方式都要和我結婚……」
艾爾娣是想起當時的情境了吧，說得臉紅搓手。
在繆里的觀念裡，戀愛故事是世界上最高貴的事。艾爾娣那戀愛少女的模樣，讓她甜甜地微笑著。
這時，艾爾娣忽然從夢中驚醒般表情凝重起來。
「而且，我想不只是我家反對，梅爾庫里歐家裡也很反對才對。」
「是嗎？為什麼？」
「因為我家地位不高，又不懂賺錢，再加上……」
艾爾娣聳起她壯碩的肩。
「我又是這副德性……和新娘這個詞差太遠了。」

差點就點頭的我被繆里搶先踩了一腳，才沒節外生枝。

「哪有這種事，妳穿新娘裝很漂亮喔。」

「……被妳這麼可愛的女生這麼說，就算是客套話我也很高興。謝謝。」

「才不是客套話呢！」

經過這般對話後，艾爾娣說道：

「總之梅爾庫里歐他真的把事情辦得很順利，可是我爸那麼頑固，親戚又都是比所謂的野蠻人還多長一層山豬毛的樣子。看到不順眼的事，想都不想就嚷嚷著靠比腕力來決勝負。」

雖會聯想到山賊或海盜頭子，不過歷史悠久的貴族也會有這種狀況吧。

畢竟對武家來說，活得像個武人才是他們的生存意義。

「奇怪，那怎麼還要暗殺？這樣不是比拒絕婚事還糟糕嗎？」

繆里問得很有道理。

在我們不解的視線下，艾爾娣無奈嘆息。

「平常他們連早上的禮拜都做不好，動起歪腦筋就比誰都行。有人跟你講過婚禮流程吧？其中有一個大好機會。」

「流程？呃，我跟妳一起到禮拜堂……再來，呃……咦，該不會是……下毒？」

她是想到新娘艾爾娣要拿一塊驅趕惡魔用的蛋糕給新郎梅爾庫里歐吃的那一段吧。

「不是，他們才沒那麼聰明。況且食物還會分給其他來賓。」
「啊，對喔。這樣的話……」
繆里又開始思索時，我也想到了。
不是有個非常適合暗殺的場面嗎。
「難道是要在女方親戚圍攻新郎那時候？」
繆里的嘴形固定在「啊」的樣子。
艾爾娣慢慢點了頭。
「他們會堅稱那是意外。事實上，參加者酒喝多了而不知輕重，鬧到有人受重傷的事經常發生，但也是因為這樣才熱鬧。這次是因為辦在這棟房子的中庭，規模很小，在我故鄉那邊，全城一起辦婚禮的事常常有，還會全城的人都跳下去鬧。那裡還有個故事說，有兩塊領地的人為了停戰，讓領主的小孩結婚，結果喝了酒雙方又打起來，死了很多人。很扯吧，根本野蠻透頂。」
若參加者有限，很快就能過濾出凶手。那麼布置成凶手顯而易見但純粹是意外的狀況，的確就合理多了。
「其實我是很想幫他把每個都打趴……」
「呃，可是……」
我插嘴問：

「是什麼讓妳認為他們真的計畫暗殺他？」

會是湊巧撞見家人密謀殺人嗎？不然懷疑這種事，通常需要一定程度的根據。

艾爾娣撥撥她火紅的頭髮，露出極其肯定的眼神。

「現在每個領地都應該在忙著辦春祭，可是我親戚裡特別厲害的人卻全都來了。如果說他們都是能單挑幹掉熊，拆了腦殼裝酒喝的人，應該很好懂吧。」

這的確讓我明白艾爾娣的親戚都是些什麼樣的人，繆里則是聽得有點興奮就是了。

「而且他們全都把劍帶來了。那都是戰績顯赫，萬中選一的名劍。你說為什麼要帶武器到婚禮上來？」

「可是貴族不是本來就會帶劍參加婚禮嗎？」

紐希拉會有王公貴族來訪，因此繆里也見過一些場合。

「是有這種時候沒錯……但那基本上都是儀式用的裝飾劍，幾乎不會開鋒。」

「是吧？再加上我父親的態度也不太尋常。我和梅爾庫里歐親近以來，他就不太願意和我講話。所以我只想得到，他在打算強行破壞婚禮……也就是暗殺梅爾庫里歐了。」

艾爾娣想一吐滿腔鬱悶般地嘆了口氣，繼續說：

「我想，父親是要我和他選中的男人結婚吧。八成會是個認為舉得起大石頭才有意義的人。然後等我生下一大堆男孩子，把重振家族的希望放在這上面。」

那是來自戰亂時代的古老價值觀。
艾爾娣就是生在舊家庭，卻擁有新時代觀念的女孩。
「如果只有我自己受罪，還能賭上普利斯托家的名聲忍下去，可是我不許任何人傷害梅爾庫里歐。」
紅髮如火焰般搖曳。
繆里注視光芒般看著艾爾娣，牽起她的手。
「妳是真的很愛他吧。」
繆里微笑著問，讓艾爾娣的臉立刻比頭髮還要紅。
自嘲不適合新娘裝的她，有必要修改自己的評價了。
戀愛的少女，就該獲得幸福。
「可是我們該怎麼辦呢？」
繆里的問題戳了我腦袋一下。沒錯，實際上該怎麼辦呢。
「現在是一群驍勇善戰又毛茸茸的大叔把他們最驕傲的武器都帶來了。就算艾爾娣妳練得再厲害，也打不過那麼多人吧？更何況還要保護別人……」
「是啊……你說得沒錯。再怎麼樣，我也不能帶劍上婚禮，能拿的武器就只有用來吃蛋糕的大木匙而已。」

繆里在港邊才開玩笑說要用那柄木匙當武器。

然而這又不是喜劇，木匙怎麼會是鋼鐵之劍的對手。

「另外，可能要把我以外的所有人都當作是父親的手下。他們每一個，現在都把我當外人一樣。雖然梅爾庫里歐一直叫我別想太多，不當一回事……可是他們家裡應該也有跟父親利害關係一致的人才對。從他們允許人帶武器參加婚禮開始，每個人都值得懷疑。」

艾爾娣就是在誰也無法信任的狀況下，發現居然有外人加入婚禮，見到了希望之光。認為我們是她唯一可以求助的人，所以才來到這房間。

從艾爾娣和梅爾庫里歐的樣子看來，他們都希望順利結婚。

那我們無論如何都要讓婚禮順利完成才行。

我們三個，要面對整個禮拜堂的彪形大漢。

「還是說——」

艾爾娣忽然開口。

「除了我放棄以外，真的沒別的辦法了？」

只要艾爾娣不結這場婚，普利斯托家和柴達諾家的人就不必為破壞婚禮刺殺梅爾庫里歐了。

「但妳就是不想這麼做才來找我們的吧？」

艾爾娣難過地嗚咽，點了點頭。

「……如果妳要和梅爾庫里歐先生一起逃走，我想我幫得上忙。」
從紐希拉到這裡的路上，我認識了很多人，包括非人之人。
借助他們的力量，至少幫這兩人逃出王國是不成問題。
「我是很想這樣做，可是梅爾庫里歐是柴達諾家的繼任當家，背負著很多責任。要是他不見了，家族裡一定會掀起一場奪權之戰。無視於這一切只顧跟他私奔這種事……我做不到……」
艾爾娣並不是只會揮劍，而是能將眼光放遠的聰明女孩。
「我在想，聖職人員說不定能說服我那個迷信的父親。可以嗎？」
她眼帶不安地對我這麼問，表示不抱希望吧。
假如我是個滿鬢白鬚且外表莊嚴的高齡聖職人員，或許還有點機會。但如果這麼容易就勸服，世上就不會有那麼多紛爭了。
「如果他們一開始就有暗殺的打算，應該會裝傻到底吧。」
「……嗯，我想也是……」
艾爾娣嘆口氣，視線低垂。
「禮拜堂會不會有路能出去呢？之前人家說明流程時有帶我過去走走，有窗戶沒錯吧？從那逃出去怎麼樣？只要避開人擠成一團的時候，不給人裝成意外的藉口就好了吧？」
「這裡是有錢人柴達諾家的房子，那裡的窗戶都裝了鍍金鐵窗，我的手也扳不彎。」

禮拜堂在戰時可以充當避難所，也經常作寶庫使用，特別堅固。看來街坊人家裡的禮拜堂也保有這種傳統。

「這樣的話……」

三人拚命絞盡腦汁，但遲遲想不到好方法。

最後繆里莫可奈何地往我看，晃了晃那個盛裝打扮也沒有取下的不起眼小囊袋。

「可以變狼救走他們？」的意思。

表情凝重，是因為恐怕沒別的辦法了。即使是裝了鐵窗的窗口，變成狼的繆里也能靠蠻力撞破吧。

然而，艾爾娣先前的話打住了這個想法。

賓客裡有許多是能單獨戰勝熊的猛漢，不太像是會畏懼狼，繆里說不定有危險。雖然在神聖的禮拜堂拔劍對神不敬……這時，我忽然想到典禮是辦在神聖的禮拜堂裡。這麼一來——

「對了。」

「怎麼啦，大哥哥？」

繆里和艾爾娣都往我看來。

而我視線的去向是艾爾娣。

「艾爾娣小姐，如果他們都是空手，妳能保護梅爾庫里歐先生嗎？」

艾爾娣眨了眨眼，握起拳頭盯了一會兒。

並且鬆開握緊幾次，最後用力握住。

「就算他們是我的叔叔伯伯，空手的話我也不覺得會輸。就算打不贏，只要他們不拿武器，我還能用這麼壯的身體保護梅爾庫里歐。」

我也能夠想像艾爾娣力抗暴徒的模樣。

「可是你真的能拿走他們的武器嗎？不太可能吧。」

「他們都是武夫，直說要沒收當然會引來戒備。可是婚禮要在禮拜堂舉行，假如他們真的打算暗殺，一定會以為贏定了而大意，請他們暫時放下應該是可以的。」

「這……或許是吧。」

「要怎麼拿走他們的劍啊？」

就在我想回答繆里時。

一陣急促的敲門聲響起，不等應門就開了。

「啊，艾爾娣小姐！終於找到您了！您怎麼會待在這裡呢，婚禮就快開始了啊！伴娘妳準備好了嗎？祭司大人也快點準備！快快快！」

進房的像是普利斯托家的女傭總管之類的人。大概是新娘突然不見，找了很多地方吧，她頭髮有點亂，額上也布滿汗珠。背後還有一群抱著潔白禮服的年輕女傭，同樣喘吁吁地等著做最後的準備。
時間所剩不多了。
「知道了，馬上過去。」
艾爾娣答覆她們後看過來。
「只要他們放下武器，剩下的我來處理。拜託了。」
並對我如此耳語就離開房間。
那背影，充滿了敗戰國公主帶著最後的尊嚴踏上斷頭台時的悲壯決心。繆里也擔心地看著艾爾娣被女傭們又推又拉地帶走。
「妳也要趕快過來喔！」
女傭總管對繆里說。
我也得到禮拜堂去了。
「大哥哥？」
繆里沒多說，用問聲叫我。表情像是惶恐，又像憤慨。
「禮拜堂是我的地盤，有很多機會能請人放下武器站起來。我一定會動用我全部所知，讓他們放下武器。」
「可是……」

就算放下了武器，也不會離開伸手可及的範圍吧。

我捧住繆里不安且焦躁的臉龐說：

「不要擺這個臉，那麼可愛的妝都要白費了。」

繆里表情一僵，臉頰發紅。是害羞與氣惱參半吧。

「仔細想想，其實我們在這裡還有很多幫手嘛。」

「幫手……？」

「可以靜悄悄地走來走去，又能自由進出禮拜堂，而且還很聽妳話的幫手呀。」

繆里愣住以後「啊」了一聲。

她腳邊的小毛堆，不知何時已經在打鼾了。

「沒錯。我會找個好時機請來賓放下武器。他們都來自很重視傳統與形式的古老家族，應該會照辦才對。」

「我趁那時候叫狗狗拿走他們的劍就行了吧？」

她吃海盜虫時，忠心的野狗一看到她渴望的眼神就恨不得撲上獵物了。何況我以前的旅途中，也不知被不肖野狗搶走食物多少次。牠們就是憑藉這份強悍，在辛苦的流浪生活中存活下來的吧。

而且從繆里進門以來，聚在這裡的野狗就非常歡迎她。

請牠們拿走武器就行了。

「就算拿不走，至少也能引起混亂吧。腳邊有狗在亂跑，也足夠絆住他們了。這段時間是逃得掉才對。」

繆里也贊同地點點頭，笑咪咪地說：

「大哥哥終於會用腦袋了呢。」

「也要有妳幫忙才辦得到。」

我捏捏她的臉頰，她很癢似的微笑。

「那我去艾爾娣那邊嘍。」

「好，拜託妳了。」

「看我的！」

繆里站起來，摸摸睡昏頭的小狗腦袋叫牠起床，離開房間。

這場婚禮應該會順利完成吧。

我似乎只有外表像是一流的聖職人員，請來賓放下武器是易如反掌。我對自己這麼說，克制緊張。

「好，出發吧。」

我低聲給自己打氣後起身。要是不能幫艾爾娣和梅爾庫里歐結為連理，以後拿什麼臉去講述神的正義呢。

當我跨開大步走向房門，伸出手時。

手撲了個空，是因為有人從走廊那一側開了門。

「繆里？」

我以為她忘了東西而抬頭，然後當場凍僵。眼前是個能俯視我的巨漢，鬍鬚上眼熟的紅色，使我立刻明白他是艾爾娣的父親。

這位秉持戰亂時代價值觀，企圖暗殺梅爾庫里歐的人物，手比我的腳還要粗，脖子也壯得像頭牛。被蛇盯死的青蛙就是這麼回事吧。對神的信仰如何堅貞，神的言詞也鮮少能阻止暴力這種事實，我並不是不知道。

「……請、請問有何指教？」

我好不容易擠出這點話，但聲音又尖又弱，走廊上的紅鬚巨漢也只是默默盯著我看。

沒必要問「他怎麼會在這」這種蠢問題。對於曾以征戰度日的人而言，尋找目標是生存的鐵則。他一直在監視艾爾娣，免得她破壞暗殺計畫吧。

這麼一來，繆里也危險了。

我慢慢挪動雙足位置，回想這棟房的構造。這裡是二樓，窗下有個為樂隊搭建的簡易亭子。立刻轉身跳出去，應該能從涼亭屋頂下到中庭裡。

樓房是圍繞中庭而建，不管從哪裡喊都一定能傳到繆里耳朵裡，她也能迅速察覺發生什麼事了吧。

暗自盤算好之後，我調整呼吸，計算時機。

一……二……就在這時——

「我知道你是誰。黎明樞機和我女兒偷偷談了些什麼？」

巨漢的手抓住了我的肩。

「三，轉身就跑」的部分，終究是辦不到了。

◇◇

艾爾娣的父親突然出現，並識破了我的身分。敏捷的繆里說不定還有機會跑，我這個慢吞吞的羊根本逃不掉。

而且艾爾娣的打算也全被他看透了，根本不用我講。對他們這些曾在戰場上出生入死的人來說，我們的計畫真的就只是兒戲吧。

然而他仍未將我趕出婚禮，反而把我當作一枚好棋，我也不得不聽從他的要求。

在他催趕下來到禮拜堂之後，我被裡頭熱騰騰的空氣壓得說不出話。

正對禮拜堂門口的中央通道兩側，坐滿了雙方家屬。不必說明，一眼就能看出柴達諾家在右，普利斯托家在左。

即使人數相當，左側肉量也高出將近一倍。

艾爾娣的父親不愧是古老家族的當家，將聖職人員帶到了似的大搖大擺送我到祭壇前。

在門口到祭壇這短短的距離中，我瞄了瞄普利斯托家的服裝。真的和艾爾娣說的一樣，完全是戰服，甚至穿了鎖子甲。即使這就是武家的正式服裝，感覺還是很怪。

接著，艾爾娣的父親一一問候位於柴達諾家最前列的來賓。其中一人，像極了肥胖版的梅爾庫里歐。

身為主角之一的梅爾庫里歐，應該正在禮拜堂的祈禱室裡拚命求神讓婚禮圓滿落幕。和繆里牽著手的艾爾娣想必也是如此。

在聖經前吐一口重得像鉛的氣，是因為參加婚禮的每個人心思各自不同。本該是一心祝福新人的場合，他們的想法卻歧異得可憐。

我憂鬱的臉，一定完全沒有知名聖職人員的樣。

艾爾娣的父親將他高大的身軀擠進禮拜用的長椅上，注視著我。

像在提醒我做該做的事。

我只有點頭的份。

「……神創造男女──」

婚禮，從這一句話開始了。

我不認為自己的講道好到哪裡去，但來賓們都聽得很專注。或許是接下來要發生的事，讓他們特別想聆聽神的言語吧。

豪華的鍍金鐵窗另一邊，仍有許多人在忙著準備宴會。

那和平的景象甚至令人覺得空虛。

「要在今天這個日子，當神的面迎娶妻子的新郎，請上前來。」

我闔上記錄神諄諄教誨的聖經，來賓們也扭身注視大門。貴族婚禮上才見得到的兩名輕甲衛兵開啟門扉，手中長槍的尖端是以銀色毛皮製成。

面容緊張的梅爾庫里歐從交叉的長槍下走進禮拜堂。沒有克制幸福笑容的感覺，是因為一臉橫肉的普利斯托家成員都盯著他看吧。

他向神和雙方家屬鞠躬的樣子，也僵硬得很不自然。

接著抬起頭看看我，拚命繃緊嘴角走來。

來到祭壇前，手按胸口向教會徽記行禮，然後站到我的左前方。艾爾娣將站在右前方。

「各位來賓請起立。」

大門再次關上後，繆里和艾爾娣就會來到門後等候，豎耳聆聽我說的話吧。

我閉上眼，慢慢吸氣、吐氣。

睜眼往艾爾娣的父親看，他很刻意地閃避視線。

「佩劍的來賓，麻煩請解下來。要是劍不小心把椅子頂翻了，婚禮的主角就要換人了。」

普利斯托家的人個個高頭大馬，其實都坐得很辛苦吧，這句話掀起浪潮般的陣陣笑聲。他們很配合地解下腰際佩劍，倚於前方椅背。

而艾爾娣的父親即使知道我們全盤計畫，也同樣若無其事地放下了劍。

「聖歌隊。」

我向候在禮拜堂兩側的少年們發個訊號，他們隨之唱出變聲前的歌聲。

「就要在今天這個日子成為妻子的新娘，請上前來。」

門一開，禮拜堂內便充滿讚嘆。

讚嘆的對象既像是完全就是個天使的繆里，也像是高大身材反而使潔白禮服更引人注目的美麗艾爾娣，抑或是昂首挺胸坐在她們周圍，由銀狗白狗構成的毛海。

就連平常天不怕地不怕的繆里，也在這時候顯得緊張。我往她使個眼色，她跟著微微點頭，牽起艾爾娣的手向前走。腳邊的狗群也隨之動身的景象，令她們宛如漫步雲端。

真虧他們能弄來這麼多狗，這樣的排場也的確讓人印象深刻。

普利斯托家一眾剽悍的親屬，都為他們領地公主的美貌看傻了眼。即使隔著一大把毛茸茸的鬍鬚，也看得出他們都凝神注視著她。最誇張的就是她父親，紅髮都豎起來了。

艾爾娣依照流程停在父親面前，挽手感謝他的照顧。

看得出父女之間充斥著超乎死板婚禮致詞的緊張。

在他們背後，繆里正在對狗兒們使眼色。原本如白色地毯般挺立不動的狗，一個個悄悄散布到座位之間。

艾爾娣結束對父親的致謝後，繆里再度牽起她的手來到梅爾庫里歐面前。艾爾娣沒看我，繆里則看我一眼後微微點頭，從兩人面前優雅地退開。

「新郎，梅爾庫里歐・柴達諾。」

梅爾庫里歐隨我唱名而看來。

「新娘，艾爾娣・普利斯托。」

艾爾娣向我看來。

我接著說的，是在這個重複了千千萬萬次，受過無數祝福的結婚儀式中，就連對聖經內容絲毫不感興趣的繆里都曉得的「無論健康或患病」那段誓詞。

梅爾庫里歐要嚥下緊張般大口吸氣，回答：「我發誓。」高出他一個頭的艾爾娣也垂著眼回答：「我發誓。」

「那麼，請新郎新娘交換戒指。」

禮拜堂兩側，各有一人手捧符合貴族身分的紅色絨布走來，恭敬揭開。布上各擺了一枚金色戒指。

梅爾庫里歐先拿一枚替艾爾娣戴上，接著艾爾娣也替他戴上。

梅爾庫里歐緊張地微笑，艾爾娣也對他笑。

其中的確能感到他們的感情。

那就是一切了。我不禁想，這就夠了不是嗎。

神將一切都看在眼裡。

人卻無法看清一切。

例如每個人心裡究竟是怎麼想。

「我宣布兩人正式結為夫妻。」

當我如此高聲宣言，來賓們立刻熱烈鼓掌，可說是掌聲雷動。

梅爾庫里歐牽起艾爾娣的手，收緊嘴角向來賓優雅行禮。艾爾娣也與丈夫一同彎腰，沐浴於掌聲之中。

在他們背後，我唸出聽取典禮流程時他們給我的禱文。

「接下來，根據兩家地域自古流傳的習俗——」

持續至今的掌聲，忽然出現微妙的變化。

這就是所謂掌聲隨時會停的奇妙時段吧。依然在眼前保持鞠躬姿勢的艾爾娣似乎也察覺到氣氛有變，露出禮服的健壯背肌都緊繃起來了。

「我們要在此考驗神所認可的這對新人……」

唸到這裡，兩隻狗來到祭壇前。牠們都有潔白的毛髮和圓滾滾的黑眼珠，驕傲地搖擺蜷得圓圓的尾巴。

接著，眾人終於注意到了。

狗嘴上銜著劍。

「啊，那不是——」

從某人慌張地這麼說的那一刻起，來賓之間的白色地毯一齊動身。牠們以迅雷不及掩耳的速度叼起劍柄，憑流浪生活鍛鍊來的速度奔向出口。

來賓們急著想抓狗，可是長椅的間距太窄，這些人又特別高大，難以動作。場面轉眼亂成一團，不知情的人還當作是餘興節目，跟著起鬨。

聖歌隊的少年們以為那場粗魯儀式已經開始，歌聲不再那麼莊嚴，而是唱起鼓舞部隊用的雄壯戰歌，待命的樂隊也用力敲起大鼓蜂擁而上。幾隻狗跑出禮拜堂時，嘴裡的劍鞘狠狠敲到樂手的小腿骨，令他痛得倒栽蔥摔下來，更是引起眾人的大笑與興奮。

在這種狀況下還能保持冷靜的，就只有艾爾娣的父親等少數幾人。

「大哥哥！」

繆里不知何時來到我身邊，眼中閃爍燦爛的光芒，手裡還多了不知誰的劍。彎著腰的艾爾娣也開始動作，她的手緩緩伸向狗銜著的劍，彷彿要將她累積至今的憤怒全寄託在這上面，也像是在展現她的決心。畢生的訓練，都是為了這一刻。

然而，有隻手阻止了她。

「艾爾娣。」

隨著一派輕鬆的聲音，梅爾庫里歐拿起了兩隻狗所銜的劍。

「妳不用拿劍。」

艾爾娣抬起頭，梅爾庫里歐站直了身。

「來吧！我的名字是梅爾庫里歐．柴達諾！要娶美麗的艾爾娣為妻！」

梅爾庫里歐依從可能是源自古老戰爭時代的儀式，高舉右手的劍報上名號。

茫然之中，艾爾娣還是將手伸向梅爾庫里歐左手的劍。

但他似乎早有預期，扔掉了左手的劍。

「梅爾庫里歐！」

那悲痛的叫喊讓他有些訝異，但很快就轉為笑容。

「沒事的，艾爾娣。相信我。」

「不行啊，梅爾庫里歐！你什麼都不懂！」

幾個男人，偷偷接近如此大叫的艾爾娣背後。

「唔，做、做什麼……放、放開我！」

艾爾娣的叫聲被湧來的人們淹沒，受制的她很快就和拿起劍的梅爾庫里歐消失在人牆另一邊。

抱著劍的繆里也手忙腳亂地想鬆開劍扣，要過去救人的樣子。我抓住她的肩拉到身邊。

「大、大哥哥！快拿武器給艾爾娣啊！」

繆里一邊說，一邊往裝滿麥穀的小囊袋伸手。

她恨不得立刻變成狼，救走悲劇的新娘。

就在快急哭了的繆里抬頭看我時──

「還不把你們的手放開！你們的公主從今天起就是我的妻子了！」

梅爾庫里歐拔劍這麼說，原本要擠扁他的人牆稍微後退，騰出些許空間。從人縫之間，能見到艾爾娣有如受縛的公主般被人架住。然而死命掙扎的她，即使是三個渾身肌肉的大男人也抓得很勉強。

這畫面，讓我嘆出好大好大一口氣。

「很好，那就讓這把劍問問你到底夠不夠資格作我女兒的丈夫吧。」

艾爾娣的父親答覆了梅爾庫里歐，撿起他扔下的劍，拔劍捨鞘。別說體格不能相比，就連外行人也能一眼就從他們舉劍的姿勢看出劍術也有巨大差距。

艾爾娣死命掙扎叫喊。

「梅爾庫里歐！」

緊接著，艾爾娣的父親揚起了劍。

比起聲音，光更奪占了我的耳朵和眼睛。

落雷般的金屬撞擊聲使我驟然縮身，為劇烈的劍擊發寒。繆里甚至忘了眨眼和呼吸，拚命想甩開我的手協助梅爾庫里歐。被我制住以後，她露出從沒有過的憤怒眼神。

「大哥哥，為什麼！」

要是再拉我，就算是大哥哥也——

「繆里。」

聽我喚她的名，能為他人真心憤怒的善良繆里用駭人的狼眼瞪我。

可是我冷靜地承受她的眼光。我並不是瞧不起她，也沒有拋棄艾爾娣和梅爾庫里歐。這全都是因為繆里她們離開後，艾爾娣的父親與我當面談的那些話。

「妳放心，他們都只是想為對方好而已。」

「……咦？」

我不知這疑惑的聲音來自繆里還是艾爾娣。

因為人牆另一邊發生了難以置信的事。

一副文弱書生樣的梅爾庫里歐，居然漂亮擋下了艾爾娣父親的劍。

「哼！」

下一劍是往身體橫掃而來，梅爾庫里歐再次成功接擋，火花迸散。雖然他細瘦的身軀幾乎要被打上空中，但他的確是接住了。

他重整踉蹌的腳步重新舉劍，柴達諾家的人短瞬之後踏起腳大肆喝采。

「就是這樣，上啊！不要怕普利斯托之狼！」

聽見這樣的聲援，這次換鬍鬚男這邊喊起來了。

「柴達諾的白毛都是羊毛！快拔下來！把他拔個精光！」

在起鬨人群的中央，梅爾庫里歐接連擋開艾爾娣父親的劍。艾爾娣驚愕得睜大了眼，繆里也傻眼看著我。

梅爾庫里歐每擋一劍，禮拜堂就響起要掀飛屋頂的歡呼。聖歌隊的少年們也不甘示弱地高聲歌唱，樂隊加緊敲鼓吹奏。

「人稱普利斯托之狼的你就只有這點能耐嗎！」

即使喘得上氣不接下氣，梅爾庫里歐仍果敢地如此大喊，並在艾爾娣的父親回答之前單手將劍甩一圈，以有點蹣跚，算不上英勇的動作勉強將劍扛上肩，伸出另一隻手。

新郎伸手的對象，當然不會是別人。

「來啊，艾爾娣！」

由三人聯手架住的艾爾娣恍惚地落到地上。

她腿軟了似的癱坐在那，抬望梅爾庫里歐。

汗濕的額上沾滿美麗金髮的梅爾庫里歐強行拉起了她的手。

「以後由我來保護妳！我梅爾庫里歐．柴達諾，要保護自己的妻子艾爾娣！」

這時艾爾娣的父親一劍砍來，梅爾庫里歐以單手的劍彈開。

事到如今，誰都看出是怎麼回事了。梅爾庫里歐瘦弱的手臂顯然已經累得光是舉劍就很勉強，但艾爾娣父親的劍還是軟綿綿地彈開，掉出手中。

「艾爾娣，路開出來了！我們走！」

恍惚仰望的艾爾娣受到梅爾庫里歐的拉扯而踉蹌，在他的攙抱下站起後，才終於明白了自

己的角色。

明白父親他們為何帶上武器，為何梅爾庫里歐自信十足地要她放心。

艾爾娣望向父親，父親舉手投降。

她有那麼一瞬間差點就要哭出來，但閉眼再睜開之後，她眼裡只剩下梅爾庫里歐——一個比她矮一個頭，完全是家境富裕的瘦弱少年貴族。梅爾庫里歐說過他曾請求父親讓他遊學學詩，反被痛罵一頓，相信連劍也沒握過幾次。

但是，他仍認為自己要夠堅強才能成為艾爾娣的丈夫。艾爾娣因為自己有副鍛鍊劍術而來的高大身軀，自嘲與新娘無緣，而梅爾庫里歐也有類似的想法。

那麼艾爾娣的父親他們呢？

「這樣就……可以了吧……？」

一張張鬍鬚臉緊張地這麼問，目送梅爾庫里歐牽著艾爾娣的手，像騎士故事最後一幕那樣拯救公主奔出禮拜堂。有人還在架住艾爾娣時臉上被她狠狠踹了一腳，鼻血直流。

「當初還怕公主把整個婚禮鬧翻了呢……」

「我還想拿梅爾庫里歐先生當人質跑掉算了。」

「幸好沒有真的砍起來，這身鎖子甲是白穿嘍。」

艾爾娣的父親出現在準備室，說的就是這些。

艾爾娣對結婚從沒有表示過一丁點興趣，又不懂裁縫與烹飪，只知道成天練劍。

女兒向父親學劍，父親當然很高興。然而他也是有一般父母的擔憂，覺得適婚年齡的女孩總不能都是這樣，於是想撮合女兒和曾經在故鄉活動中見過面的梅爾庫里歐。

結果女兒一下子就和梅爾庫里歐膩在一起，讓作媒的父親嚇得措手不及。甚至看他們聊得太久，想幫梅爾庫里歐一把，問他們「艾爾娣喜歡劍，揮幾下給她看看怎麼樣」。而這份驚奇，很快就成了懷疑。

艾爾娣是個聰明伶俐，心地善良的女孩，很可能當場就看出父親怕她嫁不出去才替她介紹男性，只是不說出口。而且介紹得這麼突然，再怎麼遲鈍也會看出父親的打算。那麼艾爾娣會不會是替父親著想——不，替只有歷史悠久，根本不懂賺錢普利斯托家著想，才會想嫁給富裕的柴達諾家繼承人呢？

不然從未吟過一行詩的艾爾娣怎麼會那麼開心地和梅爾庫里歐聊詩？「妳什麼時候對詩詞感興趣了」？

撮合他們的父親忍不住這麼想。

可是還來不及了解艾爾娣真正的想法，梅爾庫里歐也似乎愛上了她。父親只能眼睜睜看著兩人進展愈來愈快，進退兩難。

難道他們是真心相愛？不過……

對女兒的擔憂逐漸讓父親輾轉難眠，但不是捨不得寶貝女兒，而是因為艾爾娣是個愛劍勝過三餐的野丫頭。

也就是說，他是真心害怕女兒臨時變卦。艾爾娣過去不知惹過多少麻煩，讓他怎麼也放不下這個心。

甚至到最後，他還相信女兒是跟他賭氣才結這個婚。

認為女兒對父親將她也當其他普通女孩一樣看待感到失望，想以搞砸婚禮的方式強制退婚。

父親在繆里和艾爾娣離開房間後冷不防來到房間那當時，這位遇上百戰猛將也不會畏懼的大漢居然哭喪著臉傾吐他的心事。

父親東猜西猜，就是沒猜到女兒真正的心思，實在教人唏噓不已。但我也很快就注意到父親是因為疼愛女兒，事情才會變成今天這樣。

由於女兒熱愛練劍，他從來沒說過女生長那麼大了不該練劍這種話。比起一般常識，他更尊重女兒的興趣。

所以他才會誤判艾爾娣的想法，而艾爾娣這邊也同樣猜錯了父親的用意，才會把事情弄得更複雜。

艾爾娣是認為，父親和她過去只會聊劍術和戰鬥，無法突然就和他聊戀愛話題，更別說分享她對梅爾庫里歐即興作詩的感動了。害怕做這些事，會讓父親以為女兒原來如此軟弱。

這就是一切的起點。

於是來找我求助的父親這麼說了。

希望我無論艾爾娣說了什麼，都一定要完成這場婚禮。

說得只差沒跪下來求我了。

還說他安排了會讓艾爾娣重新愛上梅爾庫里歐的節目，愛劍勝過一切的她一定會喜歡。因為梅爾庫里歐也為了討艾爾娣開心，找他練過很多次劍。

這句話讓我發現，梅爾庫里歐一樣也掉進了陷阱裡。

除了長嘆，我還能做些什麼呢。

神無所不知，但人並非如此。人只能以某一角度去評斷另一個人，而這個角度往往比自己所知的更窄。

因為這個緣故，凶悍的父親在女兒的問題上那麼惶恐，梅爾庫里歐沒想到艾爾娣真的對丈夫的劍術一點也不感興趣，艾爾娣自己也以為梅爾庫里歐應該會比較喜歡削肩細腰，溫柔婉約的妻子。

父親完全不認為粗魯的女兒真的會談戀愛，女兒也認定強悍的父親只會接受強悍的男人作普利斯托家的女婿。

想想人們為何會以鮮奶油與砂糖妝點婚禮。

那是因為惡魔怎麼看都不像喜歡甜食的樣子啊。

「……那我們到底是來做什麼的？」

繆里將劍歸回原主，不想再管了似的盤腿坐下來。好幾隻狗圍在她身邊，給繆里這頭狼摸頭，開心得直搖尾巴。

「說不定是一點辛香料吧。說起來，我們也因為外表的關係才會碰上這件事啦。」

繆里嘆口氣，一個個給身邊每隻狗摸頭後說：

「……話說回來，艾爾娣好可愛喔。」

她所望之處，柴達諾家和普利斯托家的人正肩並著肩走出禮拜堂。他們為了讓這場婚禮順利完成，做了很多安排與準備。新郎新娘手牽手跑出禮拜堂的模樣，使他們打從心底鬆了口氣。

繆里往我向她伸出的手注視片刻，說：

「大哥哥，你會想要騎士跟公主那種的嗎？」

不知那是什麼意思，總之我老實回答。

「我不適合當騎士。」

「……」

繆里默默牽我的手站起來。

「那牽著我的手走下去的大哥哥是什麼角色？」

「妳自己都說出來啦，哥哥嘛。」

她立刻嘟嘴吐舌，用力掐我的手。

然後瞪著我說：

「經過這件事以後，你不覺得只有你一個這樣想嗎？」

人總是以外表評斷他人，很難推翻一度建立的印象，且往往無法正確評斷自己。

即使大多時候正確，也不是一定正確。

「就算我錯了，也比妳自以為是大人要好啦。」

「嗯啊！什麼意思！」

「就是那個意思。真是的，連自己的劍都準備了，妳是真的想砍過去啊？」

混淆冒險故事與現實的界線，不是大人應有的行為。

「只要妳還是小孩，就永遠是我的妹妹。」

「大哥哥大笨蛋！」

繆里的叫聲嚇得狗兒全都豎起耳朵。

「好好好，我們先把眼前的事收拾掉吧，妳還要在中庭切蛋糕給新娘呢。」

她摟住我的手，想咬一口似的把臉貼上來，嗚嗚叫了一會兒後才離開。

「啊～！我也好想趕快當新娘喔！」
接著拉住我的手跑起來。
「大哥哥，我們走！大餐要被人吃完嘍！」
「咦？繆、繆里，不要跑！」
「哈哈哈哈！」
我們就這麼一起跑到中庭，明白自己都是白操心的每個人們都興高采烈地大肆慶祝。
再加上酒的催化，場面一下子亂到不行。
艾爾娣和梅爾庫里歐感謝我的幫助，雙方親戚也謝個沒完。
可是我什麼也沒做，到頭來他們都只是為了對方好而已。
發生於勞茲本一隅的婚禮就此順利完成，我們也得到了與繆里髮色十分相近的小狗，返回海蘭租借的宅邸。
剛進門就遇到辦公歸來的海蘭，我們疲憊的樣子讓她看傻了眼。請她容許明天再報告詳情後，我們便匆匆撤回房間。在宴會上一直跳舞的繆里，累得抱著小狗倒在床上。真受不了她。
繆里摸摸開心小狗的頭，放到床下，用又累又興奮的眼看來。
「大哥哥，還記得你答應我的嗎？」
「答應什麼？」

她躺著伸出雙手說：

「回房間以後要給我抱抱啊。」

為婚禮盤起的漂亮頭髮，和她疲倦的恍惚表情，看起來忽然好成熟。變成一隻壞狼，要迷惑走在信仰之道上的羔羊。

她或許就是要我這麼想吧，但我可不是白照顧了她十幾年。

「對了對了，其實我瞞著妳帶了一個紀念品回來。」

「……唔？」

「忘啦？妳不是很想要他們的大餐具嗎？」

「咦？咦！」

就是用來祝福新人一輩子不愁餓肚子的超大型餐具。

繆里立刻坐起，像看見肉的狗一樣爬過來。

「大、大哥哥，你該不會是終於——」

我將紀念品拿到臉上突然充滿少女情懷的繆里面前。

「妳有吃到吧？聽說艾爾娣小姐故鄉的特產，就是那種用小麥做的麵條。這個就是煮麵條時用的工具。」

我拿出的工具整體像個細長板子，一端有許多突起。

將這一端伸進鍋裡攪拌攪拌，就能把麵條勾出來。

「咦……咦～」

見到與期待完全不同的東西，讓繆里全身都洩了氣，耳朵尾巴無力下垂。

我坐到她身邊解釋：

「別急嘛。我一看到它，就覺得非常適合幫妳梳毛喔。」

繆里抬頭看我。

彷彿從作夢也想不到的地方撿到了金塊。

「這麼大一把，就算妳變成狼也梳得起來。妳不只是頭髮，身上的毛也很漂亮，狼形這邊也應該要好好保養才對。」

繆里嘴抿成一線，小狗順著她的腿往上爬。

當小狗終於爬到床上，繆里的腰帶、上衣、褲子等衣物接連掉到牠頭上。牠扭呀扭地爬出衣服底下時，上頭多了隻銀色的狼。

「……繆里，不要啦，這樣我怎麼梳……繆里……！」

大狼按倒了我，鼻頭抵在我脖子上猛蹭，喊停也沒用。尾巴搖得像是快甩掉一樣，狼的驕傲都不知上哪去了。

頭不經意往旁一轉，見到小狗疑惑地盯著我們看。

「幫我說她幾句好不好？」

唸唸這頭變這麼大也一樣愛撒嬌的狼。

「汪呼。」

小狗嘆氣似的叫一聲，坐下來用短短的腿搔脖子。

脫落的銀毛往空中飛散。

在這個漫長冬天結束，溫暖春天終於到來的時節，又一幕過去了。

◇◇

離開溫泉旅館旅行的年輕人終於又捎信回來。紐希拉好不容易脫離冰封期，但早晚依然冷颼颼。咱在門邊壁爐烘身子時，經常出入紐希拉的商人送信來了。

換毛的季節又到嘍。咱藏好耳朵尾巴領信，信上傳來濃濃的氣味。

「嗯。」

解開捆信繩，掰斷封蠟一看，見到一行行寇爾小鬼工整的字，其中夾雜不少繆里往右上歪的字。看著看著，咱的嘴角也歪了。

「喂～赫蘿，要幫妳溫點葡萄酒嗎？」

伴侶拿著錫製酒杯探出頭來。

「嗯，幫咱溫點。」

「好好好……怎麼，有信啊？繆里的嗎！」

最近這陣子都沒有寇爾小鬼和女兒繆里的信，讓伴侶睜大眼睛衝了過來。

所以咱大發慈悲，把信上內容告訴他。

「信上寫說，寇爾小鬼和大笨驢繆里辦婚禮了。」

雖然省了很多，但沒說謊。

這肯定會嚇死這個拿女兒沒辦法的傻伴侶……結果是刺耳的金屬碰撞聲和東西打翻的聲音。

「啊～！汝做啥啊汝！葡萄酒耶！」

錫杯都掉了，伴侶還是面無表情地杵在那發呆。

「繆里她……繆里她……」

「大笨驢！只是寇爾小鬼扮僧侶幫人辦婚禮，繆里去當伴娘而已啦！」

「咦？真、真的嗎？沒騙我？」

這傢伙明明拿得出令咱賢狼都瞠目結舌的智慧與勇氣，可是大多時候比牛還笨。

「真浪費……汝這大笨驢真的是喔……」

「喂，信給我看一下。真的不是繆里嫁人了？」

「冷靜點啦！喏！隨便汝看！」

咱將信塞給大笨驢，撿起他弄掉的錫杯。

幸好杯口小，裡頭還留了點。

晚點叫大笨驢自己擦。

「啊啊，真的是這樣寫……搞什麼……還以為心臟要停了……」

現在就這副德性，繆里真的嫁人以後怎麼辦喔。雖然讓人很受不了，但咱賢狼可是慈悲為懷的好妻子，有件事還沒告訴這個呆瓜。

「咦，南方地區的某種餐具正好適合梳毛，這幾天要找人送過來呀。」

不知道那是什麼東西，但寇爾小鬼在春天先一步到來了的山下世界怎麼度過繆里的換毛期，倒是不難想像。從捆信繩上就看得出來了，而且伴侶手上的信即使隔了這樣的距離也傳來濃濃的氣味。

感情好到談結不結婚實在很無聊的氣味。

大笨驢伴侶是人類，聞不到那種氣味。真希望他知道咱不告訴他烏雲罩頂的好意，好好感激咱一番。

「嗯，怎麼了？」

「什麼怎麼了？」

咱回伴侶一個微笑，站到他身邊去。

「梳毛的用具呀？今年換毛的季節又到了，要給汝刷刷才行喔。」

「好好好，我早就替妳訂一大堆梳子了。」

明明很高興，還說得很無奈的樣子，實在可惡。

「要輕輕地梳喔？」

伴侶笑著聳聳肩，開始擦地上的葡萄酒。看他可憐，咱也來幫忙算了。這麼有趣的玩伴，給繆里這隻年輕大笨驢糟蹋太可惜，配還嫩得很的寇爾小鬼就夠了。

「怎麼啦？」

伴侶注意到咱的視線，一臉看不懂的表情。

逗得咱嗤嗤笑，回答：

「沒事沒事。」

漫長的冬天就要結束。

現在這雀躍個沒完的心情，咱要全推給季節。

話說回來，見到這兩個年輕人旅行得這麼開心，咱也不是一點也不羨慕。

旅行。

旅行啊。

「哼。」

咱苦笑著喃喃說：

「都不會再去旅行了，還說這做啥。」

長滿冬毛，有所期待般膨脹的尾巴，一摸就垮掉了。

但是，世上總有驚奇不完的事。

不久之後，賢狼發現自己的料想也有失準的時候。

後記

好久不見，我是支倉凍砂。Spring log 篇也來到第五集了，想不到可以持續這麼久……而且距離十週年活動也已經過了整整三年半，以《狼與辛香料》本傳來說，甚至比出道作的第一集到動畫第二季播映結束還久的樣子。純以小說集數來說，有一到十三集那麼長！從初期就開始追本作的讀者，或許多少能了解這個震撼有多大吧。我們都老了……其實從出道到動畫第二季播畢這段時間的各種事件，感覺上大概占了我人生的三分之二，居然只有短短三年半啊……好不可思議。

感謝各位的支持，《狼與辛香料》依然還有新產品陸續上市，前陣子電擊文庫的網路活動特設會場還設置了赫蘿的3D模型，還有各種企畫在進行當中。

到了這種地步，我也開始懷起小小的野心，想讓它成為二十週年都還能出新書的長壽系列。但願能以適當的步調朝這目標走下去，還請各位讀者繼續支持。

順道一提，可以和赫蘿見面，摸摸她耳朵尾巴的《狼與辛香料VR》竟然決定要出第二集了，目前正順利製作中。這次會是紐希拉溫泉旅館的故事，說不定那個新角色也會出場喔！大概就是這種感覺，敬請期待！

私生活部分沒什麼好提的，了不起就是開始玩RO仙境傳說手機版，從第一天就跟好久以前的公會朋友用以前的公會名打活動。起初一個月還會讓人想起當年的種種，可是一轉眼人就跑光光了，只剩我一個還在加減玩。啊，不聊這個了，好哀傷。

再來就是我在令和元年也買了最新的入門書，結果又三分鐘熱度，完成了每年慣例（想學新技術就花錢買書結果撐不下去的儀式）。上星期買了英語會話教材喔！家裡已經多到真的是不曉得第幾本嘍！最近還抓了心算App，結果這個反倒滿耐玩的。現在三位數乘一位數的題目，每題平均大概花五秒鐘。排名高的人那個時間根本是計算機……嚇死人了。不知不覺，篇幅又塞滿啦。

下本書沒意外會是《狼與羊皮紙》，這邊也請多多支持！

文倉凍砂

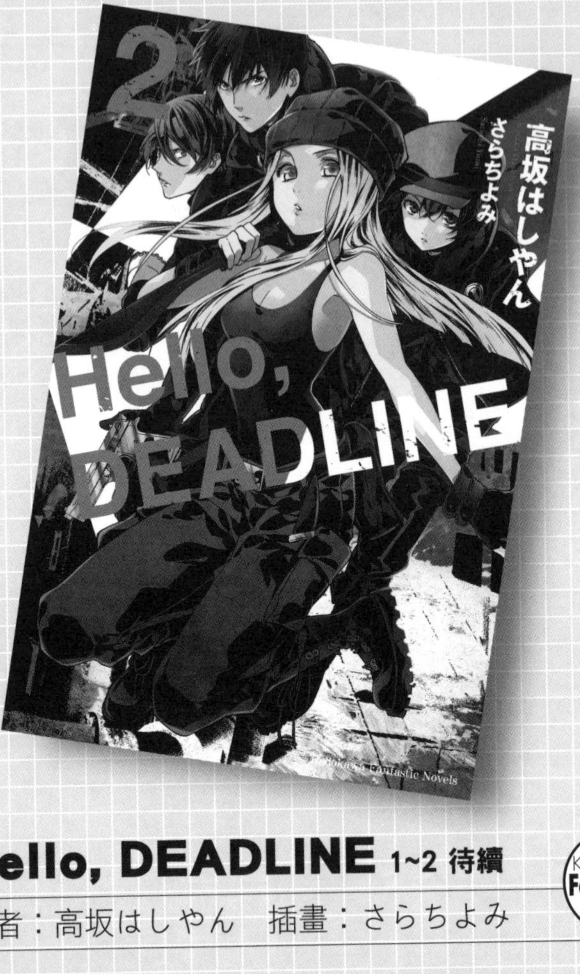

Hello, DEADLINE 1~2 待續

Kadokawa Fantastic Novels

作者：高坂はしやん　插畫：さらちよみ

驤一偶然得到名為「Other Side」的藥物，
一行人也被牽連進因藥物而起的戰鬥！

在外區與透子邂逅後，驤一與春風由於與她有關的意見差異，彼此的關係出現細微的龜裂。同時，驤一從在路上撞見的謎樣外國人身上偶然得到了通稱為「Other Side」的藥物。防衛局與黑幫因為那藥物展開戰鬥，驤一等人也逐漸被牽連進事件當中……！

各 **NT$240/HK$80**

就算是有點色色的三姊妹，你也願意娶回家嗎？ 1～2 待續

作者：浅岡旭　插畫：アルデヒド

Kadokawa Fantastic Novels

和好色又可愛的三姊妹一起去危險的新婚蜜月旅行！而且花鈴的暴露狂嗜好居然被發現了!?

這次擁有變態嗜好三姊妹的父親不僅派了女僕愛佳小姐前來視察，甚至要求我陪三姊妹練習新婚蜜月旅行！旅行中除了必須設法替三姊妹發洩性慾，同時還得竭盡全力避開愛佳小姐的耳目。正當我已經一個頭兩個大時，花鈴的暴露狂嗜好竟然被姊姊們知道了！

各 **NT$220/HK$73**

不起眼女主角培育法 1~13、FD1~2、GS1~3、Memorial1~2

Kadokawa Fantastic Novels

作者：丸戸史明　插畫：深崎暮人

不褪色的回憶集錦——
超人氣青春塗鴉的FAN BOOK再度登場！

完整收錄現已難以入手的短篇。此外還有讀了可以更深究劇場版樂趣的原作者訪談，再加上總導演／配音成員專訪，充實豐富的內容值得一讀，至於特別短篇則收錄了致使倫也向惠痛下決心的「blessing software」頭一筆商業接案！

各 **NT$180~220/HK$55~73**

目標是與美少女作家一起打造百萬暢銷書!! 1~3 待續

Kadokawa Fantastic Novels

作者：春日部タケル　插畫：Mika Pikazo

身為一名專業人士，要保持絕對的公私分明——
即使如此，我還是無可救藥地喜歡黑川先生。

在雛的天然呆與陽光的傲嬌連發之下，清純被兩人折騰得團團轉，同時仍一步步朝著百萬銷量的目標前進。然而，網路上莫名流出「天花與清純交往中」的八卦謠言，讓清純面臨責任編輯位置不保的危機！

各 NT$200~220/HK$65~73

歡迎來到實力至上主義的教室 1~11.5 待續

Kadokawa Fantastic Novels

作者：衣笠彰梧　插畫：トモセシュンサク

一年，是一段能讓學生關係大有進展的時間——
全新校園默示錄，一年級生篇完結！

高度育成高中迎來最後的活動——畢業典禮。綾小路給予無法下定決心與哥哥做最後接觸的堀北建議，並開始著手對付月城代理理事長。面對制度，就以制度對抗——綾小路聯絡了坂柳理事長，並與一年Ａ班班導真嶋以及茶柱私下接觸、嘗試交涉……

各 **NT$200~250/HK$67~75**

邊境的老騎士 1~4 待續

Kadokawa Fantastic Novels

作者：支援BIS　插畫：菊石森生　角色原案：笹井一個

美食史詩的奇幻冒險譚第四幕！
老騎士巴爾特抱著赴死的決心迎戰不死怪物——

巴爾特接下指揮由帕魯薩姆、葛立奧拉及蓋涅利亞三國組成的聯合部隊，前往剿滅魔獸群的命令。這或許是個適合他的使命，不過他必須率領的是一群底細未知的聯軍，他們會願意服從巴爾特的指揮嗎？又是否能與強大的魔獸群對抗呢？

各 **NT$240~280/HK$75~93**

這是妳與我的最後戰場，或是開創世界的聖戰
the War ends the world / raises the world
細音啓
illustration
猫鍋蒼
6
the Fencer who wears stellar swords and the sorceress Princess of the disaster
Kadokawa Fantastic Novels

西野~校內地位最底層的異能世界最強少年~　1~3 待續

Kadokawa Fantastic Novels

作者：ぶんころり　插畫：またのんき▼

榮獲「這本輕小說真厲害2019」第6名！
凡庸臉與金髮蘿莉於異國之地遇上新的對手!?

校慶結束後，西野接下拍檔馬奇斯的委託前往海外出任務。與此同時，二年A班的同學們也策劃了飛往外國的畢業旅行，一行人碰巧於異國之地重逢。西野與蘿絲的關係出現一大進展的海外旅行篇，TAKE OFF！

各 **NT$200~250/HK$67~83**

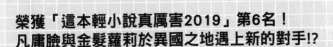

最強廢渣皇子暗中活躍於帝位之爭
佯裝無能的SS級皇子背地支配王位繼承戰 1 待續

Kadokawa Fantastic Novels

作者：タンバ　插畫：夕薙

網路超人氣作品，大幅加筆重生！
最強皇子暗中大展身手，支配一切！

無能萎靡的皇子艾諾特被看扁成「優點都被傑出的雙胞胎弟弟吸收殆盡的『廢渣皇子』」。然而，皇子間的帝位之爭越趨激烈，艾諾特終於決心拿出真本事。「操控古代魔法的SS級冒險者」——掩飾真身於暗中活躍的廢渣皇子從幕後支配這場帝位之爭！

NT$200/HK$67

櫻花莊的寵物女孩 1~10.5（完）

Kadokawa Fantastic Novels

作者：鴨志田 一　插畫：溝口ケージ

意猶未盡的番外篇第三彈！
這次是真正的完結篇——

以栞奈的立場看空太命運之日——「長谷栞奈突如其來的教育旅行」；升上高三的栞奈仍繼續拒絕伊織的告白——「長谷栞奈笨拙的戀愛模樣」；描寫稍微變成熟的空太等人邁向夢想的每一天——「還在前往夢想的途中」。豪華三篇故事加上附錄極短篇！

各 **NT$200~280/HK$55~85**

創始魔法師 1~5（完）

作者：石之宮カント　插畫：ファルまろ

穿越龍之勢力的危險之旅，
與「滅龍英雄」命運般的邂逅——

以靈魂之光當線索，啟程尋找第一個學生。這是一趟得穿越人類最大威脅的龍之勢力範圍的危險旅程。而終於抵達遙遠東方的真白國時，遇見了身穿純白鎧甲的「滅龍英雄」愛伊沙，這命運般的邂逅將——？以龍族魔法師為首的奇幻年代記終於迎來精采完結！

各 **NT$240/HK$80**

鐵鏟無雙「鐵鏟波動砲！」(`･ω･´)♂〓〓〓〓★(ﾟДﾟ ;;;).:∴轟隆 1~2 待續

Kadokawa Fantastic Novels

作者：つちせ八十八　插畫：憂姫はぐれ

以鐵鏟在劍與魔法的世界開無雙！
令人痛快無比的冒險奇譚第二鏟！

亞蘭等人造訪冰之國，用礦工禁忌教典喚醒古代賢者莉茲的記憶，並用礦工隕石招來一擊粉碎敵人，輕鬆取得寶珠。莉緹西亞公主擔心一旦收集完寶珠，旅程將結束，會與礦工大人分別，於是下定決心征服世界，真是究極的女主角！超英雄幻想奇譚第二集！

各 **NT$200/HK$67**

國家圖書館出版品預行編目(CIP)資料

狼與辛香料. XXII, Spring Log. V/支倉凍砂作；吳松諺譯. -- 初版. -- 臺北市：臺灣角川, 2020.12
面；　公分. -- (Kadokawa fantastic novels)
譯自：狼と香辛料. 22, Spring Log. V
ISBN 978-986-524-121-6(平裝)

861.57　　　　109016569

Kadokawa
Fantastic
Novels

狼與辛香料XXII
Spring Log V

（原著名：狼と香辛料XXII Spring Log V）

2020年12月17日　初版第1刷發行
2024年6月17日　初版第4刷發行

作　者：支倉凍砂
插　畫：文倉十
日版設計：渡辺宏一
譯　者：吳松諺

發 行 人：台灣角川股份有限公司
總　監：呂慧君
總 編 輯：蔡佩芬
主　編：林秀儒
編　輯：黎夢萍
設計指導：陳晞叡
美術設計：莊捷寧
印　務：李明修（主任）、張加恩（主任）、張凱棋、潘尚琪

發 行 所：台灣角川股份有限公司
地　址：104台北市中山區松江路223號3樓
電　話：（02）2515-3000
傳　真：（02）2515-0033
網　址：www.kadokawa.com.tw
劃撥帳戶：台灣角川股份有限公司
劃撥帳號：19487412
法律顧問：有澤法律事務所
製　版：巨茂科技印刷有限公司
ISBN：978-986-524-121-6